MW01633500

CAMBRIDGE EN MITAD DE LA NOCHE

David Jiménez Torres

David Jiménez Torres

CAMBRIDGE EN MITAD DE LA NOCHE

entre ambos
Barcelona

Cambridge en mitad de la noche
David Jiménez Torres

Primera edición: abril de 2018

Diseño de la cubierta: Jordi Oms
Imagen de la cubierta: © Martin Bond / A Cambridge Diary [acambridgediary.co.uk] / 2013 Collection, December

Trafalgar, 10, 2n – 08010 Barcelona
correo@entreambos.com
www.entreambos.com

Impreso y encuadernado en Romanyà-Valls
ISBN: 978-84-16379-11-8
Depósito legal: B. 4.976-2018

Para Jorge, que también viaja

Miércoles

Al mismo tiempo que cuatro yihadistas deciden que el atentado de Londres será este fin de semana, y a la vez que un grupo anarquista acuerda destrozar las cristaleras de Oxford Street durante la manifestación del sábado, Beth empuja una puerta roja y pesada en la Universidad de Cambridge.

Esperaba encontrarse con un gran despacho lleno de mesas y matasellos, con empleados que van de un lado a otro llevando paquetes y formularios. En lugar de eso, se encuentra ante un mostrador que resplandece bajo una luz blanca. Tras él, una mujer de mediana edad levanta la vista y le sonríe.

—¿Puedo ayudarle?

—Creo que sí. Vengo a depositar una tesis.

El trámite se resuelve con rapidez. Beth firma un par de formularios y entrega las dos copias encuadernadas que llevaba en su mochila. En un momento están en sus manos, pesadas, picudas; al momento siguiente han desaparecido tras el mostrador.

—Pues ya está todo hecho.

—¿Ya?

—Ya.

La puerta vuelve a abrirse. Entran un soplo de viento frío y una chica de la edad de Beth, que les mira y pregunta:

—¿Es aquí donde se entregan las tesis?

Beth deja su lugar a la recién llegada y sale a la calle. Hace un día gris, indeciso. El manto de nubes borra cualquier pista acerca de la época del año. La estrecha calle se estira hacia el río como una cuerda rendida y vieja.

La puerta se cierra a su espalda, y Beth se recuesta en ella para cobrar conciencia de que aquello acaba de suceder. Que, por fin, tras cuatro años de probetas y mediciones, ha franqueado ese umbral. Ahora, aunque vuelve a encontrarse en una calle que ha cruzado miles de veces, también está en un sitio totalmente distinto. Se ha producido un cambio invisible pero fundamental en el orden del universo. O así, al menos, debería ser.

Beth suspira y echa a andar hacia Trumpington Street. Luego tuerce a la izquierda y enfila King's Parade. El eje de la antigua ciudad se despliega ante sus ojos: casitas estrechas de ladrillo marrón, negocios cuyos carteles chirrían con cada golpe de viento, los muros altos de varios *colleges*. A unos metros de altura, las estatuas de reyes y de santos lo contemplan todo, la muerte petrificada en sus labios.

—Hola, ¿está de visita? —dice un chico que le sale al paso cuando se encuentra a la altura de King's College. Lleva pantalones azules remangados hasta la rodilla y un chaleco abierto sobre una camisa blanca. Su flequillo se alza engominado, surfeable—. ¿Le apetece hacer un tour en barca por los *colleges*?

Beth se detiene y lo mira.

—Es la mejor manera de ver Cambridge —sigue diciendo el chico—. Por solo seis libras puede ver Queen's College, King's College, Clare College, Trinity College, Saint John's College...

—Yo...

—Disculpe, debería haberle explicado de qué estoy hablando. La Universidad de Cambridge es en realidad una confederación de treinta y una instituciones que se llaman *colleges*. Todos tienen su propio recinto, sus propios jardines y sus propias capillas. Unos son grandes y otros son pequeños; algunos se fundaron en la Edad Media y otros después de la Segunda Guerra Mundial. Todo estudiante y todo profesor de la universidad está adscrito a uno de ellos, y desarrolla parte de su vida en ese ambiente. Quienes no pertenecen a la universidad tienen que pagar para acceder a cada uno de esos recintos; por eso nuestro tour en barca es la forma más económica de...

—Vivo aquí —acierta por fin a decir ella.

—Ah, vale. Disculpe.

—Paso delante de ti todas las mañ...

Antes de que Beth termine la frase el chico ya se ha acercado a una familia de aspecto hindú para ofrecer el tour en barca.

Ella retoma el paseo. Primero camina hasta Bridge Street y luego, siguiendo el curso del río, hasta Jesus Green. Va sin rumbo fijo, da vueltas por los parques, entra y sale de las callejuelas medievales. Se adentra en los barrios victorianos, con ventanas de doble cristal y jardines separados por murallas bajas; y también en los barrios de inmigrantes, con sus casas de empeño y sus tiendas de kebabs. No dijo a nadie que hoy iba a entregar la tesis, y se alegra de ello. No le apetece contestar los mensajes de sus hermanos, ni escuchar la voz de su madre, recién levantada en la fría mañana de Nueva Jersey y granulada por la alquimia del Skype. No quiere responder a sus preguntas sobre cuál va a ser su próximo paso, si se quedará en Inglaterra o volverá a Estados Unidos, si seguirá investigando sobre el cáncer o deberá encontrar alguna manera de reciclarse profesionalmente. Tampoco quiere notar, una vez más, lo forzado del interés de su madre, ni volver a oírle decir que bueno, que al menos ella no le preocupa, no como tus hermanos, no te creerás lo último, resulta que. No, lo único que a Beth le apetece hoy es dar vueltas por las calles, darle vueltas a la cabeza.

Por fin, en medio de una larga calle comercial, un par de gotas frías le golpean la frente. Beth levanta la vista y ve que las farolas se han encendido, que la lluvia cruza sus haces de luz, que la gente aprieta el paso a su alrededor. Se da cuenta de que está lejos de su casa y que no lleva ni paraguas ni capucha. Ve a lo lejos el letrero de un pub, y decide guarecerse en él hasta que escampe.

Al empujar la puerta la asalta el olor habitual de estos locales: una mezcla de cerveza, moqueta y carne de hamburguesa. El pub es de tamaño medio, con una larga barra a la izquierda y mesas de madera oscura a la derecha. Están todas ocupadas. En el aire bullen voces y ruido de cubiertos.

—¡Oye, tú!

El bullicio se esfuma. Beth distingue, al fondo del local, a un chico con gafas y perilla que lleva un micrófono en la mano. Los ramilletes de caras se vuelven primero hacia él, y luego hacia la puerta.

Hacia ella.

—¡Sí, tú, la de la puerta! ¿Quieres jugar?

Beth no acierta a responder. Un par de voces provenientes de las mesas gritan algo.

—¡Vosotros a callar! —les dice el chico. Ahora vuelve a dirigirse a ella—: ¡Venga, monada, que seguro que alguna de las mesas te incluye en su equipo! ¡O, si no, puedes ir con el solitario ese del fondo, el que pensaba que no le había visto!

Ahora todas las caras se vuelven hacia un joven de pelo corto y complexión morena que está de pie, apoyado en una de las paredes. Sostiene una pinta de cerveza, y fuerza una sonrisa.

—Creo que estoy bien así... —dice el chico finalmente.

Beth detecta en su voz un acento extranjero.

Por si la situación no resultase ya lo suficientemente confusa, en ese momento Beth nota una presión en la espalda, y se aparta para que se pueda abrir la puerta de la calle. Cruzan el umbral un chico y una chica, ambos empapados.

—¡Perfecto! ¡El Gran Espagueti Volador está de nuestra parte! ¡Ya tenéis a cuatro para formar equipo! —exclama el tipo del micrófono. En el pub solo se escucha el timbre metálico de sus palabras.

Los recién llegados miran a su alrededor, sorprendidos. La chica se pasa el borde de un pañuelo palestino por el pelo empapado, antes de preguntar:

—¿Equipo para qué?

—¡Esa es la actitud que me gusta! —responde el del micrófono—. ¡Vosotros dos, al igual que la chica que tenéis al lado y el solitario ese que está pegado a la pared, llegáis a tiempo para participar en nuestro legendario concurso de conocimientos! ¡Quince épicas rondas de preguntas y al final grandes premios para los equipos que tengan más puntos! ¡Venga, animaos! ¡Y los demás, ayudadme a convencerles! ¡Que se queeeden, que se queeeden...!

* * *

Resulta que los cuatro son estudiantes de posgrado en la universidad. La chica del pañuelo es británica, se llama Jane y es doctoranda en la Facultad de Filología Inglesa. Su acompañante es español, se llama Alejandro y también hace un doctorado, solo que en la Facultad de Historia. No parece que sean pareja, pero Beth siente que entre ellos hay una tensión extraña. Ella parece un poco ausente, mientras que a él se le ve inquieto, casi incómodo. Ambos tienen miradas inteligentes, aunque huidizas. Por su parte, el chico que estaba apoyado en la pared resulta ser mexicano. Cursa un máster en Economía y se presenta como Germán. Beth, descolocada por la dureza de la «g» y de la «r», tiene que pedirle un par de veces que repita el nombre. Debe de ser dos o tres años más joven que el resto del equipo; ella le echa unos veintidós, veintitrés. Parece educado y atento, quizá algo acartonado. Cuando le toca a ella explicarles qué hace, Beth dice que su investigación tiene que ver con el cáncer de mama, pero no menciona que acaba de depositar la tesis.

Sorprendentemente, los cuatro terminan últimos en el concurso, por detrás incluso del equipo de adolescentes con el pelo rapado que compiten bajo el nombre de «Rabos United». Los conocimientos acumulados por aquellos cuatro expertos resultan inútiles en las rondas de preguntas sobre presentadores de la BBC, sobre los escándalos de la familia real, sobre las especies de pájaros de las islas británicas. Ni siquiera tienen suerte en la ronda sobre literatura: la chica del pañuelo, experta en poesía vanguardista de comienzos del siglo XX, no puede hacer nada ante las preguntas sobre *Los juegos del hambre* y *Cincuenta sombras de Grey*. El presentador les preguntó al comienzo a qué se dedicaban, y ellos cometieron el error de decírselo; ahora, al finalizar cada ronda, les lanza pullas que son celebradas por el resto de los asistentes. Porque el pub está lejos de los *colleges* y la clientela es estrictamente local, gente que ha nacido y que trabaja en la ciudad, y a la que no hace ninguna gracia compartir las calles con niñatos a los que rodea un aura de privilegio.

—Si queréis probar suerte de nuevo, esto lo hacemos todas las semanas —les dice el presentador al final de la velada, cuando los premios ya están entregados y la gente empieza a marcharse. Se seca el sudor del cuello con la manga de la camisa, y a Beth le recuerda a un payaso que se estuviera quitando el maquillaje tras la función—. Y si venís al del miércoles que viene, os invito a la primera ronda.

Los cuatro estudiantes salen del pub. La noche ha escampado, y un frío silencio se extiende sobre las calles. La luz de las farolas se congela en los timbres de las bicicletas.

Se despiden. La verdad es que han pasado un rato agradable. Las pullas del presentador crearon cierta complicidad entre ellos, y el par de pintas que se ha tomado cada uno ayudó a tejer un ambiente ligero, simpático. Es cierto que la conexión entre ellos no pasó de lo superficial, y que el rollo raro entre el chico español y la chica británica en ningún momento desapareció del todo. Pero Beth se ha reído mucho, y se siente agradecida hacia aquel pub, aquella tormenta y aquellos desconocidos por lo que han supuesto estas horas.

—Si se animan, podríamos volver la semana que viene —dice el mexicano, Germán. Está subido a su bici, como la chica inglesa y el chico español. Beth es la única que ha venido a pie.

—No sé —responde Alejandro—. No me termina de gustar que una tontería como esta me haga sentir que lo que hacemos no sirve para nada.

—Bueno, no tenemos que hacer un plan firme —dice Jane—. Veamos cómo va la semana. Si al final volvemos, seguro que habrá sido por algo.

Beth ve alejarse a los tres erguidos sobre sus bicis. Al poco solo puede escuchar el sonido de sus propias pisadas sobre la acera. Se frota los brazos, intentando insuflar algo de calor a las mangas de su cárdigan.

Regresa a su casa pasando por el parque de Jesus Green, y cuando llega al puente se detiene y se acoda en la barandilla. El agua baja negra y brillante, y Beth distingue en la estela su propia imagen, congelada como una estatua que flotase hacia su desaparición.

Jueves

Germán relaja los muslos, extiende los brazos, suelta los hombros y —tras un instante de distensión— tira. Siente una descarga, la pesada concreción del agua y la madera. Luego vuelve a dejarse llevar, vuelven a subir los muslos, las manos deslizan los remos hacia delante, y tira. Y suelta, y tira, y suelta, y tira.

Los gritos de la timonel rasgan el aire helado. Por la ribera les sigue el entrenador subido a su bicicleta, el altavoz colgando de la cesta. El río va amaneciendo, y la barca se desliza dejando tras de sí una larga cicatriz de espuma.

Al terminar el entrenamiento, los chicos llevan el equipo de vuelta a la caseta y luego se quedan comentando lo bien que cogieron la tercera curva. Se gustan a sí mismos, enfundados aún en licra verdinegra, con el escudo de Trinity College bien visible sobre los pectorales. Germán se aleja unos pasos del grupo en busca de su mochila; le tiembla la mandíbula y no siente las puntas de los dedos. Saca su jersey más grueso y se lo pone de espaldas a los demás.

Ellos hablan entre sí:

—¿Quién quiere venir esta noche al gimnasio para un par de sesiones en la máquina?

—Yo no puedo, tengo cita con el médico.

—¿Qué te pasa, crees que vuelves a estar embarazado?

—No, pero creo que tu madre me ha pegado su herpes.

Germán tuerce el gesto mientras se ajusta la mochila. Se apuntó al equipo de remo por dos razones: para conocer gente y para cumplir con los ritos típicos de su nuevo entorno. Tenía entendido que remar en Cambridge era como pasar horas leyendo en un café en París, o subirse a una góndola en Venecia. Y le gustaba la idea de participar en un deporte de *gentlemen*, pintoresco, bienhumorado. Europeo.

La realidad ha sido algo distinta de como la había imaginado. Su deseada aura de bonhomía secular no cuadra con los compañeros del equipo, quienes parecen incapaces de hablar de otra cosa que no sean dietas de proteínas, técnicas de entrenamiento, y la dupla mi/tu/su madre – mis/tus/sus genitales. Lo llaman *banter*, y al parecer es un elemento importante de la socialización británica. El caso es que Germán se ha planteado dejar el equipo, no tanto porque este tipo de masculinidad le resulte ajena —ha tenido cerca muchos ejemplos de ella en la prepa y en la universidad—, sino porque le molesta verla aquí, entre quienes deberían encarnar cierta idea de Europa. Y el remo lleva muchas horas, y Germán haría bien en dedicar ese tiempo a su tesina, o a las conversaciones por Skype con su novia, o a cualquiera de las demás gestiones que requiere el seguir empujando su vida en la dirección correcta.

Pero hay algo adictivo en el hecho de poder presenciar cada día el amanecer inglés. A primera hora de la mañana, cuando los únicos que están despiertos son los remeros que se dirigen al río, los árboles parecen hechos de cristal, y la neblina se desliza sobre el agua, y todo parece ordenado y cercano. Luego el día se agrisa y se licua sobre el asfalto, pero el recuerdo del amanecer permanece como un refugio en algún rincón de la conciencia.

Con dedos entumecidos Germán retira el candado, se despide de los compañeros y se encarama al sillín de su bicicleta.

* * *

Jane deja la bici en uno de los cepos que hay a la entrada del campus de Humanidades, coge las bolsas que llevaba en el cesto de mimbre del manillar, y echa un vistazo al horizonte. Constata que el amanecer, tan bonito hace escasos minutos, se está estropeando. Pero es un pensamiento fugaz. Echando a andar con las bolsas, intenta sosegar su confusa mezcla de nervios, indiferencia y culpabilidad.

El interior de Lady Mitchell Hall está animado: una treintena de personas va y viene entre los bancos. Solo hay unos pocos que aún dormitan en sus sacos de dormir. Jane esperaba toparse con un olor almizclado, una conjunción de comida, cuerpos durmientes y marihuana; al fin y al cabo, la okupación va por el cuarto día. Pero el recinto es grande y de techos altos, y alguien ha abierto los ventanales de detrás de la última fila de asientos. Si a algo huele es a rotulador.

—¡Jane! ¡Aquí!

Ve a sus amigos en cuclillas cerca del escenario, y baja las escaleras del auditorio en su dirección. Están terminando de colorear una gran pancarta: *NOSOTROS estamos aquí por TU derecho a la educación.*

—Buenos días, rebeldes. Os he traído el desayuno —dice al llegar a su altura, tendiéndoles las bolsas de plástico—. Hay cruasanes recién comprados en Fitzbillies. Y en esta bolsa hay un termo con café.

—Gracias, Jane —responde Danny. Su voz surge de entre unas barbas rizadas y caóticas—. La república te lo pagará.

—¿Qué tal habéis pasado la noche?

—Bien, tranquilos después de la reunión para ver qué hacíamos con CUSU —responde Miriam, cuyos ojos adormilados parpadean tras unas gafas de pasta negra. Lleva una sudadera gris y pantalones bombachos de rayas de colores—. Las chicas esas de segundo volvieron a traerse las guitarras y tocaron un par de canciones. Estuvo bonito.

—Mira —dice Danny, tendiéndole un cuaderno—. Estamos haciendo un librito entre todos con las razones para echar a Willetts del escenario. ¿Sabes que unos gilipollas de Magdalene College han montado una página en Facebook para pedirle perdón de parte de la universidad? Bueno, pues esta será nuestra respuesta. La idea es llegar a cien razones y subirlas al blog de Cambridge Defend Education. ¿Nos echas una mano?

Jane coge el precioso cuaderno de apuntes tamaño A4, con tapas blandas de cuero y hojas de papel marrón satinado. Lo abre y ve que van por la razón número 38: «Las fuerzas reaccionarias *siempre* intentarán impedir el acceso del pueblo a la educación, y solo un esfuerzo *constante* por parte de los estudiantes logrará pararles los pies».

La okupación de Lady Mitchell Hall, el auditorio de mayor capacidad del campus, había comenzado unas noches atrás. David Willetts, el ministro de Educación del gobierno liberal-conservador, se había desplazado a Cambridge a explicar la reforma universitaria que se acababa de aprobar en el Parlamento. La principal medida era un aumento de las tasas que las universidades podían cobrar a los estudiantes: del actual máximo de tres mil libras anuales se pasaría a un nuevo tope de nueve mil. A su vez, el Estado avalaría un sistema de préstamos bancarios a estudiantes para que nadie quedase excluido del nuevo sistema. El gobierno esperaba que estas medidas ayudasen a reducir el déficit que habían heredado de los laboristas. Además, Willetts había argumentado en numerosas comparecencias que la subida de las tasas aumentaría el poder de presión de los estudiantes sobre las universidades, lo que contribuiría a dinamizar el sector.

Un coro de profesores, economistas, sociólogos y dirigentes sindicales se lanzó a las redes y a los medios para denunciar aquellas medidas. La educación universitaria, argumentaban, no era un bien privado sino un bien público, y no se podía esperar que una persona de diecisiete años se comportara como un inversor de la City. Aquella reforma, seguían exponiendo, suponía un nuevo paso en el camino hacia la privatización de la enseñanza y la exclusión de la misma de las clases más desfavorecidas. El nutrido sector marxista de los departamentos de Humanidades vertió, además, pesados cangilones de sarcasmo sobre las presuntas intenciones del gobierno de «empoderar» a los estudiantes. Incluso se anunciaron paros y huelgas en varias universidades del país.

Dado este contexto, el día de la charla de Willetts hubo colas para entrar en el auditorio de Lady Mitchell Hall. Un centenar largo de estudiantes compartía bancadas con varias decenas de profesores, y había expectación por ver lo que diría durante el turno de preguntas el profesor Stefan Collini, quien acababa de criticar la reforma universitaria en un sonado artículo del periódico *The Guardian*. Pero en cuanto Willetts salió al escenario, una veintena de estudiantes se puso en pie y leyó un texto en contra del ministro, la austeridad y la privatización. El moderador de la charla les pidió silencio en varias ocasiones, pero ellos siguieron leyendo. Cuando, tras dieciocho minutos, llegaron al final del texto, ya hacía tiempo que el ministro se había marchado. El grupo descendió entonces por las escaleras del auditorio y declaró ante los presentes que pensaban okupar aquel edificio hasta que el gobierno abortara la reforma universitaria y deshiciera todos los recortes de los últimos años. Invitaban a los asistentes a unirse a ellos tanto en aquel proyecto como en la manifestación que recorrería las calles de Londres ese mismo sábado.

En los días que siguieron se produjo un gran debate entre los estudiantes acerca de lo sucedido. El principal sindicato, CUSU, se quejó de que quienes reventaron el acto no les hubieran informado con antelación, impidiendo así que la iniciativa se sometiera a voto. Los periódicos estudiantiles también se mostraron bastante críticos con la expulsión de Willetts del escenario. Por otro lado, muchos profesores y artistas expresaron su apoyo a la okupación, e incluso se ofrecieron a dar charlas o recitales en la misma. Y unos cuarenta estudiantes empezaron a pasar las noches en el auditorio.

Jane forma parte de Cambridge Defend Education, el grupo que organizó la lectura del texto-protesta y la subsiguiente okupación. Lleva con ellos desde el momento en que las medidas de la reforma universitaria se filtraron a la prensa y algunos amigos de la facultad decidieron unirse a aquel grupo. Su papel se ha limitado a distribuir folletos a la entrada del campus, pero sus amigos se han ido implicando cada vez más en la organización: Danny y Miriam incluso han acabado en la junta directiva. Así, Jane estuvo presente en las reuniones en las que se fue gestando el plan de reventar la charla del ministro; la idea era utilizar aquello para movilizar al cuerpo estudiantil con vistas a la manifestación de Londres del sábado.

Sin embargo, cuando llegó el día D, Jane no estuvo entre los que leyeron el texto. Ni siquiera se encontraba en el auditorio. Un par de horas antes había asegurado a sus amigos que tenía que entregar un capítulo de la tesis a su directora de forma inminente, y que debía darle prioridad a aquello. Se preparó para que intentaran convencerla, o para que murmurasen que en aquel momento había cosas más importantes que una tesis sobre poesía vanguardista. Pero nadie dijo nada; el grupo tenía gente de sobra. Así que Jane ha pasado estos últimos días entrando y saliendo del auditorio, casi siempre de camino a la biblioteca o a su casa.

—Voy con algo de prisa —dice por fin, devolviendo el bolígrafo que le había tendido Danny para escribir en el cuaderno—; pero dejadme que piense unas cuantas razones a lo largo del día y esta noche, cuando vuelva, las apunto.

Al salir del auditorio siente una extraña liberación, aunque no exenta de culpabilidad. Porque es mentira lo de la entrega.

* * *

Alejandro baja como un cohete por la escalera de caracol de su casa, resbala en el último tramo, cae de rodillas frente a la puerta de la calle y suelta una extensa letanía de tacos mientras se calza. Luego se levanta, coge su mochila, sale, echa el cerrojo, lo descorre, vuelve a entrar en busca de las gafas, sube los tres pisos para ir por ellas, baja, sale, cierra, vuelve a entrar en busca de su cuaderno de apuntes, sube y baja los tres pisos, sale, cierra y se recuesta unos segundos en la fachada, jadeando. Se asegura de tenerlo todo esta vez y sale corriendo hacia King's Parade. Hace cinco minutos que debería haber estado en el despacho de su director de tesis.

Es mediodía y la principal arteria del casco antiguo está repleta de trabajadores y estudiantes. En medio de la calzada, un grupo de turistas coreanos parece haber perdido a su guía; dan vueltas sobre sí mismos mientras las bicicletas los sortean dando timbrazos. Alejandro se cuela en tres o cuatro selfies con palo, brinca por encima de las piernas de un *homeless* y evita a un hombre-anuncio del Domino's antes de encallar tras un grupo de chicas que van mirando sus móviles. Alejandro se encarama de un salto al pequeño muro que separa el césped de la calle, las adelanta y salta de nuevo a la acera. Le parece que chispea, o quizá es solo el sudor.

Por fin alcanza las puertas de Clare College y las cruza a todo correr, escuchando los gritos de la portera que le pide el carné de estudiante. Él lo lleva encima, pero no quiere más demoras. Entra en el patio neoclásico y se cuela en una de las puertas laterales; salva en dos saltos un tramo de escalera y ahí, al fin, se detiene. Está ante una puerta de madera oscura, con un nombre escrito en tiza en el dintel: «Dr. Percy Compton-Wentworth».

Se seca el sudor con las manos, las restriega en los pantalones y llama.

—Pase.

Alejandro empuja la puerta y se adentra en una estancia amplia, dividida en dos por una columna de madera. La gris luz del día flota como un fantasma alrededor de las ventanas. A la izquierda queda la enorme mesa de estudio, sobre la cual descansan varios tacos de folios. A la derecha hay dos sofás, mullidos y cubiertos de cojines rojos. Entre ellos hay una mesita sobre la que reposan una tetera de porcelana, blanca y con dibujos azules, y dos tazas a juego. Una estantería atiborrada de libros cubre la pared del fondo.

—Entra, Alejandro, entra —le dice desde uno de los sofás un hombre ancho, de mediana edad. En su pelo lacio destacan algunas canas. Las manos barajan unos folios que se reflejan en el cristal redondo de sus gafas—. ¿Te apetece una taza de té?

—No, gracias, y disculpa el retraso, estaba... —De pronto se da cuenta de que no puede decirle el verdadero motivo de su tardanza, que es que estaba contando por WhatsApp a sus amigos españoles de Cambridge la extraña peripecia del día anterior con la chica británica, esa de la que tanto les había hablado, y se le había ido el santo al cielo. Rectifica la frase—: King's Parade está hecha un circo con tanto turista.

—No te preocupes, justo estaba con tu capítulo. Siéntate, por favor —dice, indicando el otro sofá con gesto magnánimo.

Alejandro toma asiento y durante un rato observa a Percy leer y murmurar «ajá... ajá... m-jm... m-jm...». Advierte, con cierta alarma, que está pasando la mayoría de los folios sin dedicarles más que un somero vistazo. Alejandro calcula mentalmente las horas de investigación y de escritura que le ha costado cada una de las páginas que Percy va depositando tan velozmente sobre la mesa.

—Esto está bien, Alejandro —dice finalmente, cruzándose de brazos mientras se recuesta en el sofá—. Pero no me queda claro cómo vas a encajar esto de los mediadores culturales entre España y Gran Bretaña con la Guerra Civil.

—Eh..., bueno, yo no..., mi tesis no toca la Guerra Civil..., no sé si recuerdas que ya lo hablamos en su momento, que mi idea era abarcar desde 1874 hasta 1923...

—Oh, no. No, Alejandro, ¿de verdad dijimos eso? —responde Percy, con una sonrisa benevolente. Se quita las gafas (la presión deja una doble huella rosada en el borde de la nariz) y las encaja en el cuello abierto de la camisa—. Yo creo que deberías incluir al menos un par de capítulos acerca de las Brigadas Internacionales. Sabes que en mi libro acerca de los brigadistas de Lancashire tienes toda la información que puedas necesitar, y en el que coescribí con Peter Paulson acerca de los brigadistas de Glamorgan también puedes encontrar a gente interesante, y en las actas de la conferencia que organizamos Peter y yo acerca de los brigadistas de Aberdeen también encontrarás algunas cosas; y también tengo un ensayo en el *European History Quarterly*, de 1987 si no me equivoco, acerca de los brigadistas norirlandeses, concretamente del condado de Donegal, que tuvieron más importancia de la que sospechamos; y seguro que hay fondos en...

—Pero... disculpa, Percy, es que me parece que esa gente no entra dentro de mi campo de estudio. La mayoría de mis mediadores murieron antes de la guerra... y, además, ya estoy demasiado avanzado en el proyecto para meterme en un arco temporal nuevo, por no hablar de que la bibliografía que tendría que añadir sería...

—Alejandro, la Guerra Civil es *muy* importante.

—Lo sé, y yo no lo niego, pero es que no tengo absolutamente nada nuevo que decir sobr...

—Alejandro, ¿has tenido en cuenta que la Guerra Civil es *muy* importante?

Al rato Alejandro termina cediendo. Escribirá aquellos capítulos. Percy sonríe, mira el reloj y se disculpa por tener que poner fin a la reunión: necesita preparar la charla que dará en unas horas a los estudiantes que han okupado Lady Mitchell Hall. El tema: las Brigadas Internacionales.

Se levantan y Percy le acompaña hasta la puerta.

—Nos vemos en el simposio de mañana —le dice al despedirse.

Alejandro baja las escaleras hasta salir al patio. El día sigue frío y apagado, con rachas de llovizna y golpes de viento. Ha terminado la hora del almuerzo, y los estudiantes están saliendo del comedor. Algunos se suben la capucha de la sudadera, otros se aprietan bajo algún paraguas providencial.

A lo lejos, por encima de los tejados y las copas de los árboles, se alza la torre de ladrillo tostado de la biblioteca. Alejandro se dirige hacia ella mientras reflexiona acerca de la cadena de acontecimientos que lo ha llevado hasta esta ciudad, hasta este momento de su vida.

Intuye que todo comenzó aquella mañana de principios de los noventa en que preguntó a sus padres (sendos funcionarios, él en el Ministerio de Fomento, ella detrás de una ventanilla en la Complutense) si sus trabajos eran muy difíciles. Tendría unos ocho años, estaban los tres en la cocina, y recuerda perfectamente el encogimiento de hombros de su madre. «La verdad es que no, prenda. Hay unas cien mil personas que podrían hacer lo que hago.» La respuesta lo desconcertó, como si hubiera entrado en el aula equivocada del colegio y se enfrentara de pronto a una treintena de caras desconocidas. «¿Y papá?», logró preguntar al rato. «Pues lo mismo», había dicho su padre a sus espaldas mientras preparaba la cafetera. Su madre había intuido la desazón del niño, y se había apresurado a añadir que eso no quería decir que mamá y papá no trabajaran mucho, o que lo que hacían no fuera importante. Pero su padre subió el volumen de la radio para escuchar la última hora del caso Roldán, y su madre le animó a cepillarse ya los dientes, no fuera a perder el autobús del cole.

Durante las siguientes semanas lo atormentó la idea de que personas tan importantes como papá y mamá pudieran ser sustituidas por cualquier desconocido que pasara por la calle. En el autobús, cuando llovía, contaba las gotas pegadas al cristal y constataba alarmado que de ninguna forma podría llegar a las cien mil, aquel número invocado por su madre con tanta despreocupación. Finalmente, se prometió a sí mismo que nadie diría jamás de él que era intercambiable. Él destacaría por encima de los demás. Pero cómo lograrlo, ahí estaba el problema. Lo más evidente era brillar a través del deporte, llegar a ser tan famoso y querido como Zamorano o como Raúl; pero en su curso había al menos diez chicos a los que siempre elegían antes que a él a la hora de hacer equipos, chavales que conocían la fórmula secreta para sacar la pelota de un barullo de zapatillas. Por el contrario, él era el único alumno de la clase al que la profesora de lengua pedía que leyera sus redacciones en alto para beneficio del resto del grupo. Así que empezó a esforzarse de verdad en el colegio, a ver las notas como algo más que la moneda de cambio para la siguiente expansión del *Age of Empires*. Los comentarios de sus profesores en las evaluaciones trimestrales se convirtieron en algo importante, algo propio, una especie de calcomanía que podía mostrar a la gente con solo subirse la manga.

De ahí en adelante fue uno de los mejores alumnos del curso, incluso durante los años de brackets, de cigarros en la parada de autobús y de papelitos furtivos en clase («¿Te gusta Marta? 1) Sí. 2) No. 3) Quizá»). Pronto descubrió que, de todas las asignaturas, historia era la que permitía brillar de forma más visible y eficaz. Era sencillo acumular datos y luego exhibirlos ante los compañeros y la profesora. Neil Armstrong pisó la Luna en 1969, después de Felipe V vino Fernando VI, Colón hizo cuatro viajes a América; y así. Luego, en la carrera, fue aún mejor, porque pasó de repetir datos a explicar procesos. El secular atraso de España se debía a una revolución burguesa fallida, la incorporación de la mujer al mundo del trabajo tensó los roles de género de la época, y a lo largo del siglo XVIII la esfera pública fue abriendo una zona intermedia entre la vida privada y la acción del Estado que concedía al sujeto liberal nuevos mecanismos de interpelación.

Pero nunca logró quitarse de encima unas cuantas sombras. Por un lado, su ansia de reconocimiento nunca se vio cumplida por sus profesores, quienes parecían mirarlo con aburrimiento. Tanto en el colegio como en la carrera, preferían centrar su atención o en aquellos compañeros que se mostraban ingenuamente radicales —aquellos que objetaban a todo lo explicado en clase por ser demasiado burgués o, en los últimos años, demasiado neoliberal—, o en aquellos que parecían ampliamente dispuestos a convertirse en una versión beta del propio profesor, alguien que reconociera y alabara su superioridad y jamás se saliera de los surcos por él trazados. El reconocimiento, en fin, parecía imposible de obtener para quien verdaderamente aspirase a ser único. Aquello echaba gasolina sobre su frustración, pero también alimentaba una inseguridad más profunda. Al fin y al cabo, ¿qué haría con el reconocimiento en caso de que algún día lo obtuviera? Sus relaciones sentimentales le ofrecían una pista inquietante: desde los quince años siguió un patrón según el cual se obsesionaba por chicas a las que apenas conocía, y luego su interés se disipaba a medida que ellas empezaban a hacerle caso.

Una tarde, mientras esperaba el metro en la parada de Ciudad Universitaria, le vino a la cabeza una solución. Encontraría la legitimidad y el reconocimiento que buscaba en una universidad anglosajona, a ser posible una de las famosas. En varias ocasiones había oído decir a sus profesores que el sistema anglosajón primaba la originalidad en la investigación mucho más que el español. Por entonces aún le quedaban dos años de carrera, y se esforzó por sacar las mejores notas y por aprobar el Proficiency. Diseñó una propuesta de investigación bastante innovadora sobre los mediadores culturales entre España y Reino Unido durante la Restauración, y envió solicitudes para programas de máster en Historia. Se le escaparon las universidades de la Ivy League norteamericanas, y la mayoría de las del Russell Group británico, pero acabó consiguiendo una beca para un máster de dos años en la Universidad de East Anglia. Allí trabajó mucho, trabó buena relación con varios profesores y le ofrecieron una plaza para el programa de doctorado; pero él seguía buscando la legitimación de una institución famosa. Le comentaron que había un profesor de Cambridge que tenía mala fama pero que acogía a muchos doctorandos, y Alejandro le envió una versión actualizada de su propuesta. Finalmente, una mañana llamó eufórico a sus padres para anunciar que le habían concedido una modestísima beca para estudiar el doctorado en Cambridge.

Alejandro alcanza la escalinata de la biblioteca. La torre proyecta ahora una pesada sombra sobre él. Han pasado un par de años de su llegada a aquella ciudad, y a veces siente un fuerte impulso de huir. Quizá de Cambridge, quizá solo de sí mismo.

* * *

Beth se arrodilla, abre la puerta del horno y desliza la fuente hacia el interior. Levanta la vista y gira la rueda hasta que la flecha indica cuarenta y cinco. Luego se pone de nuevo en pie, se seca el sudor de la frente y llena un vaso de agua en el fregadero. Mientras lo bebe echa un vistazo a través de la ventana. Ha dejado de llover, y el pequeño jardín tirita, brillante.

Se había dormido convencida de que no se despertaría hasta las once o las doce, y que entonces se daría un largo baño, y que luego pasaría el resto del día sin hacer nada, disfrutando de su nueva libertad. Pero no, se ha despertado a las seis, con el cuerpo vibrando de inquietud. Y en lo que lleva de día ha puesto dos lavadoras, ha ordenado el cuarto, ha corrido durante una hora, ha limpiado la cocina de arriba abajo y acaba de meter en el horno un pastel de chocolate. Nada de lo cual ha logrado secar el flujo nervioso que irriga sus manos y sus piernas.

Beth decide acercarse un momento a la floristería de Milton Road mientras se hornea el pastel. Quizá, si se regala unas flores, terminará de hacerse a la idea de que ya ha entregado la tesis. Recoge su bolso de un dormitorio donde ya no queda nada fuera de sitio, baja las escaleras y sale a Chesterton Road.

La calle extiende ante ella sus hileras de casas bajas. Dos señoras mayores esperan en la parada del autobús con los bolsos sobre los regazos. Un rosario de monovolúmenes desfila por la calzada. El cielo es una colcha gris que alguien ha echado sobre el mundo y luego se ha olvidado de recoger.

A Beth solía gustarle este barrio tranquilo, lejos del casco histórico. Qué diferencia con su Nueva Jersey natal y su monstruosa autopista, la Turnpike: aquel estallido de coches y furgonetas que pasaban catapultados al otro lado del cristal. Cuando era niña y el Volvo de su padre entraba en el carril de incorporación, Beth se cubría los ojos con la cinta del cinturón de seguridad y no volvía a abrirlos hasta que su madre le juraba, desde el asiento del copiloto, que ya habían salido. Que ya se había acabado todo.

Le habría gustado poder realizar aquella maniobra evasiva en el colegio, ese espacio habitado por profesores sonámbulos y pupitres rayados. Porque, a pesar de los murales que había al final de cada pasillo con lemas como «Paz», «Respeto» y «Todos somos América», el ambiente que se respiraba en las aulas y en los baños era tenso. Carnívoro. Tras el estreno de *Parque Jurásico*, Beth pasó varios meses sintiéndose cercada por cuadrillas de velocirraptores que en cualquier momento detectarían su presencia y se abalanzarían sobre ella. El astigmatismo y el asma que le diagnosticaron cuando tenía seis años la convertían en presa fácil. Pero en realidad nunca hubo incidentes graves, sino más bien una acumulación de pequeñas humillaciones muy característica de la edad más cruel del ser humano. Cierto que dos compañeras estuvieron un mes entero pegándole chicles en el pelo, y que los chicos del asiento de atrás en el bus le llamaban gafotas y caraculo, y que una tarde Stacey Lorrimer le arañó la cara porque pensaba que le había robado el cartón de zumo de la fiambrera —luego se supo que, en realidad, había sido Kimberly Watts—. Pero a Beth nunca le dispensaron el trato *hardcore* que recibían compañeros como Benny Fultz, el pelirrojo al que los otros chicos empujaban contra el radiador entre clase y clase, apretando su cara contra las barras calientes hasta que chillaba como un cochinillo; o como Gina Simmons, la gordita a la que las otras chicas robaban los pantalones después de gimnasia, para luego tirarlos por la ventana y así obligarla a salir del vestuario en ropa interior. No, Beth nunca cruzó la línea que separaba a los inadaptados de los parias; y pronto el miedo a ser devorada fue transformándose en una prolongada perplejidad.

Su única fase de relativa normalidad social se produjo cuando tenía diez años y se hizo amiga de Charlotte Kim. Charlotte era hija de emigrantes surcoreanos que regentaban una lavandería, y tenía la carpeta forrada de fotos de Boyz II Men, 'N Sync y los Backstreet Boys. En el recreo le enseñaba revistas y calendarios y le preguntaba quién le parecía más guapo, Nick o Tyler, Mark L. o J. D.; y cada día, después del almuerzo, dedicaban un rato a escuchar canciones en su discman. Cuando Beth pasaba la noche en casa de su nueva amiga, esta fantaseaba con el día en que los Backstreet Boys fueran a Nueva Jersey a dar un concierto. Le decía que sus padres habían prometido conseguirle una entrada, y que seguro que los de Beth también le comprarían una, e irían juntas, y se pondrían esta camiseta y estos pantalones, y llegarían al estadio muy muy pronto para poder ponerse en primera fila, y Brian se acercaría en medio de una canción y las saludaría, porque él era el más simpático del grupo, el más natural.

Luego llegó la noche de junio en que su madre entró en su cuarto y se sentó al borde de la cama. Había habido un accidente en la Turnpike, le dijo; tanto Charlotte como su padre habían muerto en el acto, mientras que a la hermana pequeña tuvieron que amputarle la pierna un par de días después. La madre, sin embargo, había salido prácticamente indemne. Con el tiempo, Beth se enteraría de que el accidente había sido provocado por un kamikaze que invadió el carril contrario, y que se había estampado contra un camión poco después. En el funeral de Charlotte y de su padre, varias mujeres asiáticas abrazaron a Beth entre lágrimas; ella, sin embargo, se mantuvo en silencio, mirando con fijeza sus zapatos de charol negro. Al cabo de un par de meses, la madre de Charlotte se mudó con la hija que le quedaba a Canadá, donde tenían familia, y, antes de irse, pasó por casa de Beth para regalarle algunos discos y revistas que habían sido de su amiga. Beth le dijo a su madre, a través de la puerta de su habitación, que no los quería, que los tirase. Años después le preguntó si los había guardado en algún rincón del desván, pero no, efectivamente los había tirado.

El instituto se le hizo largo, trabajoso, como si se estuviera abriendo camino por un trecho de hielo negro que no tuviese fin. Su madre la llevaba de compras junto a sus hermanos a alguno de los centros comerciales que vertebraban la vida social del condado, y en aquellos espacios de papel maché se cruzaban con gente del colegio que hablaba a voz en grito, o que apretaba las caras para aconsejar en la redacción de un SMS. A veces pasaba a su lado y escuchaba risitas; la mayoría de las veces, sin embargo, la saludaban con brevedad. Pero Beth no era infeliz, o al menos no de la misma manera que las otras inadaptadas. No le atormentaban su cabello falto de luz, su cutis fértil para el cultivo de espinillas, su radical incomprensión de la ropa y el maquillaje. Ni siquiera recurría a las maniobras compensatorias que empezaban a desarrollar sus compañeros, como unirse al equipo de esgrima o sumergirse en los videojuegos (se decía que Benny Fultz había llegado a pasar treinta y seis horas seguidas jugando al *Halo*). Por alguna razón le faltaba aquella sed de normalidad que llevaba a Gina Simmons a aceptar la invitación al baile de fin de curso de Nick «Dientesdehierro» Slomowitz. Las chicas como Gina querían su baile lento en el salón de actos del hotel Best Western de Trenton, y les daba igual que el precio a pagar por ello fuera un morreo torpe y ferroso. Pero Beth solo quería que la dejaran en paz, que la fealdad del universo le pasara de largo. Ya había descubierto que se le daban bien las clases de química y de biología, y que aquel mundo de líquidos y cálculos se mostraba dócil a su tacto. Durante el último año del instituto se acostumbró a refugiarse en el Starbucks que quedaba a un par de manzanas de su casa, y al que acudía para hacer los deberes. La noche del baile de fin de curso la pasó viendo DVDs de *House*.

Cuando cumplió los dieciocho, Beth se mudó a un colegio mayor de la Universidad de Rutgers. El campus quedaba a menos de una hora de su casa, y ella se había ofrecido a ahorrar dinero a sus padres y seguir viviendo ahí. Pero fueron ellos los que la animaron a marcharse. Beth intuyó que estaban desbordados con su hermana mayor (que había empezado a trabajar en un instituto de Chicago y llamaba llorando todas las noches), con el segundo (que acababa de dejar preñada a una compañera de la carrera), y con el pequeño de los cuatro (cuya sudadera de Bad Religion empezaba a apestar a marihuana). No comprendió que, siendo la que jamás había dado un problema, fuese precisamente ella quien sobraba; y nunca se le borraría la imagen de su madre insistiéndole sobre los saludables efectos de un colegio mayor, con el tono forzadamente positivo y la pátina de lejanía en la mirada de quien intenta quitarse de encima a un cliente pesado. El caso es que finalmente se marchó con sus cajas y maletas a un cuarto con paredes de ladrillo blanco y tubos fluorescentes. La primera noche rebuscó entre su equipaje la tarjeta de felicitación por terminar el instituto que le había enviado la madre de Charlotte Kim. Cuando se dio cuenta de que se la había dejado en casa, se acurrucó bajo el edredón y estuvo un buen rato escuchando el sonido del viento contra la ventana.

Los años en Rutgers fueron un compendio de aulas abarrotadas, amistades circunstanciales, y carreras y risas al otro lado de la puerta de su cuarto. Pero sobre todo fueron años de veladas en la biblioteca. Beth se machacó en la carrera de Biología, a pesar de que los profesores nunca se acordaran de su nombre («Sí, dime, Heather»). Se mantuvo decididamente al margen del ecosistema de chicos y chicas que se pasaban la vida en las fiestas de las hermandades (el Cervezathlón de Delta Sigma Pi, la Nocheguarra de Kappa Kappa Gamma) y luego empollaban la noche antes del examen bajo los efectos del Adderall. Nada de aquello le atraía: a ella le gustaba ir a la biblioteca las noches entre semana, cuando se podía escuchar el susurro de zapatos sobre la moqueta y el zumbido vacío del climatizador. Luego volvía al colegio mayor escuchando canciones lentas en su iPod:

Blackbird singing in the dead of night
*Take these broken wings and learn to fly.**

* «Un mirlo canta en mitad de la noche. / Coge estas alas rotas y aprende a volar.»

Precisamente fue una de aquellas madrugadas, a mediados de su segundo año, cuando conoció a Rob. Ella regresaba de otra velada en la biblioteca —el viento helado la hacía lagrimear—, y entrevió a lo lejos un cuerpo recostado en la pared de ladrillo. Al acercarse el chico explicó que había olvidado la tarjeta que daba acceso al edificio. Tenía una cara redonda que remataba, de manera más bien cómica, un cuerpo alto y delgado. Beth abrió la puerta y, una vez dentro del edificio, el chico dijo reconocerla de la clase de química orgánica. Quedaron en estudiar juntos para el próximo examen. Cuando se despidieron, los ojos del chico brillaban como los de un perrito.

Salieron durante algo más de un año. Estar con Rob suponía ingresar en una realidad paralela, más cálida y luminosa que la que Beth había conocido hasta entonces. Comían en restaurantes vietnamitas, paseaban por el jardín botánico de la universidad, iban a salas de cine independiente cuyas butacas mostraban grietas de gomaespuma. Por las noches, cuando estudiaban en la biblioteca, él apoyaba la cabeza sobre la mesa para dar una cabezada y ella le acariciaba el pelo. Y el sexo que fueron perfeccionando en la estrecha cama de su cuarto le resultaba tan distinto de sus dos experiencias anteriores (Jake, el dependiente *emo* del Starbucks que la invitó a ver una peli en su casa el verano después de terminar el instituto; y Ethan, el estudiante de ingeniería que vivía en el piso de arriba del colegio mayor y que le ofreció, una noche que coincidieron en el cuarto de las lavadoras, sus seis primeros chupitos de Jägermeister) que parecía necesitar otro nombre. Esto no era la invasión de su cuerpo por un torpe emisario del mundo exterior. Más bien era una entrega dulce, un alzar los brazos y dejarse llevar por una ola. A Rob le daba por hablar en cuanto acababan, y ella se acunaba en su voz.

Los dos eran muy parecidos, pero tenían una diferencia fundamental. Rob, como Beth, había recorrido los senderos de la soledad durante la mayor parte de su vida. Alto, patoso y tímido, había sido el primero de su curso en tener granos y llevar brackets. Los chicos de su colegio le habían sometido a un verdadero Pearl Harbour de lapos, y durante varios años las chicas apretaban el paso cuando se acercaba a pedirles la hora. Pero Rob nunca había considerado la soledad su hábitat natural. Él había ido al baile de fin de curso de su instituto a pesar de no tener pareja, y mantenía una relación próxima y natural con su familia, hasta el punto de que una vez al mes cogía su traqueteante Chevy Impala LS y conducía las diez horas que separaban Rutgers de Indianápolis para pasar el fin de semana con sus padres. Además, se había labrado un buen grupo de amigos en la universidad, supervivientes de tratamientos intensivos contra el acné con los que jugaba al *frisbee* y se tomaba unas cervezas de vez en cuando. Rob le hablaba a Beth de hacer viajes de *spring break* con ellos y sus novias.

Hubo una noche en la que iban en el coche y en la radio empezó a sonar «Thunder Road» de Bruce Springsteen. Acababan de ver una película en un centro comercial y estaban a punto de entrar en la Turnpike. Beth le había pedido que fueran por una ruta alternativa que les evitaría entrar en la autopista, pero Rob quería regresar con tiempo para pasar por la fiesta de cumpleaños de un amigo. Cuando enfilaron el carril de incorporación, Rob subió el volumen y empezó a cantar.

—*Roy Orbison singin' for the lonely / Hey, that's me and I want you only.*

—Rob, por favor.

—¡Venga, que es el himno de este estado!

—No tienes que ir tan rápido.

—*Show a little faith, there's magic in the night!*

Ya estaban en la autopista; él pisó el acelerador y empezó a bajar las ventanillas.

—Por favor, céntrate en...

—¡Venga, canta conmigo!

Zigzagueaban entre los demás coches y estos les pitaban.

—*Hey what else can we do now...*

—Rob, por fav....

—*Except roll down the window and let the wind blow back your hair / Well, the night's busting open, these two lanes will take us anywhere.**

No sucedió nada. La canción terminó y, al poco tiempo, salieron de la autopista. Pero ella había comprendido, al fin, que Rob quería ser el chico de aquella canción.

El deterioro fue lento. Agotador. Conversaciones interminables, revolcones resignados. Al final ella se refugió en una guarida de negativas a cualquier cosa que él le propusiera, consciente de hacia dónde conducía aquello. Rob terminó dejándola una fría madrugada, en su habitación del colegio mayor. Cuando se fue, Beth se tapó con el edredón, se abrazó las piernas y estuvo un buen rato escuchando el sonido del viento contra el edificio.

Aquel verano, la madre de Beth organizó un viaje a Inglaterra para toda la familia. Su hermana mayor había dejado el instituto tras una crisis nerviosa, el segundo acababa de romper por enésima vez con la madre de su hijo, y el benjamín había

* «Roy Orbison está cantando para los solitarios, / hey, ese soy yo y solo te quiero a ti [...] muestra algo de fe, hay magia en la noche, [...] hey, qué nos queda ahora por hacer / más que bajar la ventanilla y dejar que el viento te alborote el pelo, / la noche se abre de par en par, y estos dos carriles nos llevarán a donde sea.»

sido expulsado del instituto después de que, una vez más, los profesores lo pillaran fumando porros en los lavabos del segundo piso. La madre había concebido el viaje como un descanso y una toma de perspectiva conjunta frente a todos aquellos problemas; pero fue Beth quien sintió una suerte de conexión con aquel país silencioso y domesticado, esa versión abarcable de la civilización. Cuando comenzó su último año de carrera, Beth probó a enviar solicitudes a programas de doctorado de universidades inglesas en el área que más le interesaba, que era la investigación sobre el cáncer. Así terminó un día de septiembre tirando de su maleta de ruedas por las aceras de Chesterton Road, buscando la casa compartida que le había asignado el *college* y preguntándose si aquí descubriría, finalmente, lo que fuera que la vida quería de ella.

Una racha de viento la sacude, y Beth se da cuenta de que lleva algunos minutos de pie delante del escaparate de la floristería. Su reflejo es un borrón más en la paleta que componen las rosas, los tulipanes, las alegrías.

* * *

Jane encuentra la signatura que buscaba, desliza los dedos índice y corazón por el lomo del volumen y luego tira del borde superior con suavidad. El libro tiene un tacto fresco que la hace pensar en un vaso de leche recién vertida. Lo coloca junto a los demás en la pinza que dibuja su otro brazo y se baja de la escalerilla. Disfruta durante unos segundos más de la penumbra entre estanterías y luego regresa a su pupitre.

Lleva todo el día en la biblioteca, aunque cambiando de sitio cada par de horas. Esta movilidad es parte de su método de trabajo, la ayuda a oxigenar las piernas y las ideas. Y también le gusta observar la fauna de los diversos hábitats que componen aquella jungla intelectual: los investigadores envueltos en jerséis y fulares que consultan manuscritos en la gélida Sala Commonwealth; los profesores que recorren las estanterías del Ala Norte, estirándose y agachándose para recolectar libros; y los adolescentes salidillos de la Sala Principal, que fantasean con los rasgos de la persona que tienen sentada enfrente —el flexo corrido oculta las caras— y sueñan con pasarle un mensaje escrito en un trozo de papel: «¿Te apetece un descanso?».

Jane se encuentra ahora en la parte alta del Frente Norte, donde hay pocos pupitres, el trajín de los cazadores de libros es escaso, y los ventanales dan sobre unos campos verdes y descuidados. Es una zona recogida, casi íntima. Jane se sienta, abre el libro que acaba de coger y pasa las páginas hasta dar con el capítulo que le interesa:

En la sección titulada «Cutty Sark», Crane avanza en la configuración de un espacio poético liminal desde el que resulte posible articular un discurso alternativo a la heteronormatividad impuesta por la uniformización fordiana.

Jane lee la frase un par de veces. El libro es de hace veinte años, y sus páginas evidencian un uso frecuente y atento. Muchas frases están subrayadas en lápiz o en bolígrafo; en algunas esquinas incluso aparecen las anotaciones al margen de sucesivas generaciones de lectores. Esta frase, en concreto, va acompañada por una pequeña estrellita en tinta negra y un comentario: «el marinero es gay???». Jane sonríe al entender la pregunta que se estaba haciendo su anónimo predecesor. A ella tampoco le parece que la voz poética de esa sección muestre indicio alguno de una sexualidad distinta de la hetero. Pero la interpretación le resulta útil para un capítulo de la tesis, y la apunta en su cuaderno.

Su investigación se centra en Hart Crane, el poeta modernista estadounidense que respondió al pesimismo de T. S. Eliot y de *La tierra baldía* con su inmenso *El puente*. Ha sido su poeta favorito desde que un profesor del instituto le regaló una antología de sus poemas. Jane era por entonces una de aquellas chicas de clase media-alta con un talento tan evidente como poco dirigido. Sacaba buenas notas en casi todas las asignaturas, tocaba canciones de Leonard Cohen en una guitarra que le habían regalado sus padres (en las reuniones familiares siempre le pedían que cantara «Chelsea Hotel», y ella ahuecaba la voz cuando llegaba al *Those were the reasons, that was New York*),* y garabateaba versos en un cuaderno Moleskine. Las chicas se peleaban por ser su mejor amiga, y las miradas de los chicos revoloteaban en torno a su escote y su delicado rostro de *English rose*. Por su parte, los profesores del prestigioso y progresista colegio al que la enviaban sus padres se acercaban después de clase para recomendarle libros, o para explicarle alguna lección vital que ellos habían aprendido demasiado tarde.

La primera vez que leyó *El puente* no entendió nada, nada, absolutamente nada; y le encantó. Sentía que podía leer los versos en alto sin preocuparse por el significado, saboreando únicamente su maravillosa musicalidad. Era como si Crane le hubiera dicho ven, siéntate conmigo a mirar el puente de Brooklyn, a auscultar los contornos de Manhattan, y yo voy a seguir hablando pero tú no tienes que hacerme caso, solo tienes que agarrarte a lo que te guste o te interese. Y ella se sentaba y veía pasar los versos como gaviotas, y a veces alargaba el

* «Eran esas las razones, eso era Nueva York.»

brazo y se dejaba llevar por alguno de ellos, y luego se soltaba y caía sobre otro, hasta terminar tejiendo su propio poema:

Here waves climb into dusk on gleaming mail
signals dispersed in veils
soft sleeves of sound
to rainbows currying each pulsant bone
*O Saunterer on free ways still ahead!**

Jane leía y releía aquellos versos y soñaba con mudarse a Nueva York y escribir poemas sonoros y optimistas, puentes a través de los cuales el lector pudiera acceder a la abrumadora belleza del mundo. Llenó una página entera de su Moleskine con las palabras «Jane & Crane», sombreando el pie de cada letra; y cada vez que terminaba un poema lo remataba con un pequeño dibujo del puente de Brooklyn.

Entonces llegó la carta de admisión de Cambridge, y tanto sus familiares como sus profesores decidieron explicarle qué significaba aquello. Mirándola a los ojos, suspirando enfáticamente, una procesión de adultos le señaló que debía mostrarse a la altura de aquel privilegio envenenado. Entrar en una de las universidades más elitistas del mundo suponía, antes que nada, una gran responsabilidad. Cambridge era (históricamente, estructuralmente) una pieza fundamental de un sistema injusto y que perpetuaba las desigualdades. Y si bien Jane debía aprovechar las posibilidades que le ofrecía, también era crucial que desarrollase su capacidad para la crítica inma-

* «Aquí escalan las olas hacia el ocaso sobre una cota de malla brillante, / señales esparcidas entre velos, / suaves fundas de sonido / hacia arcoíris que baten cada hueso pulsante. / ¡Oh Caminante por libres senderos aún lejanos!»

nente. Jamás (y lo repetían, *jamás*) debía caer en el espejismo de que la sociedad de clases no existía. Su deber moral era utilizar los conocimientos que le aportara Cambridge para crear una sociedad más justa que la que había heredado del thatcherismo. Estas charlas solían culminar en el regalo de un libro (*El camino a Wigan Pier*, *Las venas abiertas de América Latina*, una recopilación de ensayos de Stuart Hall), lecturas que la tuvieron encerrada en su cuarto la mayor parte del verano.

Un mes después de que sus padres la dejaran en su habitación de King's College, Jane se había apuntado a un amplio abanico de colectivos del activismo de izquierdas. El *blitz* veraniego de los adultos encontró su continuación en el ambiente politizado de la Facultad de Filología Inglesa y en la hiperactividad de su nuevo grupo de amigos, gente cargada de talento y de ideas y a la que prácticamente no se le notaba el acné. Era fácil sentir el vértigo de la responsabilidad cuando los tablones aparecían cada mañana cargados de reclamos políticos, cuando las octavillas que le pasaban a la entrada de las aulas estaban escritas en mayúsculas. Cada día revelaba nuevas tramas opresivas: Jane descubría de pronto que en el aulario en el que se encontraba no había una sola persona de raza negra, o se percataba de que ninguno de sus compañeros intentaba entablar conversación con las mujeres de Europa del Este que les servían el almuerzo, o se embarcaba en largos debates consigo misma acerca de si debía seguir afeitándose las piernas y las axilas. En primero de carrera se preocupó mucho, además, por ir ajustando su vida sexual a los cambiantes estándares que le iban revelando sus lecturas; pero luego decidió que, al menos en este aspecto, el mejor feminismo era el que le permitía hacer lo que le viniera en gana. Al llegar a tercero ya había perfeccionado el arte de liarse solo con chicos que le gustaran, y de cortar la cosa cuando empezaban a ponerse tontos.

Es cierto que tuvo algunos problemas para compaginar las jornadas de discusión posmarxista con el análisis de los clásicos de la literatura inglesa. No es que no apreciara la densidad lírica de Sidney y Spenser, o que no disfrutara de las tensiones narrativas en las novelas de Trollope o de Hardy, pero todo aquello le resultaba muy poco urgente. ¿Cómo iba a dejar de asistir a una mesa redonda sobre el futuro del feminismo solo porque le quedaran noventa páginas por leer de *Cumbres borrascosas*? Así que no fue a las clases de aquellos profesores que tenían fama de «conservadores», y pasó de puntillas por toda la parte del currículum que no examinase los mecanismos de creación de la hegemonía ideológica.

En cuanto a la escritura, asistió a recitales de poesía de combate y participó en numerosas veladas de creación colaborativo-espontánea. De ahí salían poemas que a veces publicaban sus amigos en revistas de la facultad o del *college*, y que enorgullecían a sus padres. Pero, en aquel contexto, el poema no era un fin en sí mismo, sino más bien la secreción de un proceso que buscaba abrir la mente a una subjetividad distinta de la neoliberal. Ella debía tener presente que el verdadero objetivo era ese; y sentía cierta culpabilidad cuando releía aquellos poemas y se lamentaba instintivamente al descubrir alguna cacofonía. Niña tonta, se decía a sí misma; no entiendes nada.

Volvió brevemente a sus orígenes con la tesina de fin de carrera, que dedicó a la idea del futuro en *El puente*, y que fue considerada por el tribunal una excelente primera piedra para un proyecto de posgrado. Pero cuando llegó el dictamen Jane ya se había mudado a un piso en el este de Londres, junto con varios amigos de la carrera. Pasó cinco años en la capital, sirviendo copas en pubs y en cafés, encadenando prácticas en editoriales y en redacciones, y deambulando entre casas okupadas y jardines ciudadanos. Pendientes, tatuajes, humo y la constante excavación de túneles con los que huir del neoliberalismo. Jane se subió las mangas de su jersey de hilo grueso y estuvo largos días plantando garbanzos, luengas tardes debatiendo la liquidez de la modernidad, eternas madrugadas bailando ante cajas de mezclas. Los poemas que escribía le parecían cada vez más pequeños e irrisorios.

En Londres encadenó unas cuantas relaciones, la más seria de las cuales fue con un director de teatro llamado Sean. Él era diez años mayor que ella, medía metro noventa, vivía en un sótano de Camden y había recibido varios premios de teatro independiente. Su energía era inagotable. Podía estar hasta las cuatro de la mañana fumando y bebiendo vino y hablando con amigos activistas acerca de cómo empoderar a las minorías raciales británicas, y estar a las nueve del día siguiente en el ensayo de una obra, dando órdenes a los técnicos sobre los cambios de iluminación de una escena a otra. A diferencia de alguien como Alejandro, que durante las horas que habían pasado juntos la noche anterior había transmitido una suerte de incomodidad en la vida, Sean desprendía una convicción absoluta en cada instante de su existencia. Jane nunca había sentido un deseo tan fuerte de estar a la altura de alguien, de ir moldeando sus propios contornos para aproximarlos al ejemplo que ofrecía él. Sean la animó a escribir, pero ella sentía que no podría enseñarle poemas que no fueran poderosos, confiados y políticos como él, como todo su gran cuerpo. Y dado que no lograba escribirlos, dejó de intentarlo.

Una noche, mientras se liaba un cigarro en la mesa que les servía de comedor y de zona de trabajo, Sean le anunció que se había acostado con la actriz principal de la obra que estaba preparando. Se llamaba Lily y era una chica de veintiún años, recién licenciada en Oxford; Jane se había llevado bien con ella en el par de fiestas en que habían coincidido. Sean le propuso probar el trío como configuración vital alternativa, y Jane accedió durante unas semanas. Al final le quedó claro que las chicas definitivamente no le gustaban y que, además, Sean era un gran gilipollas.

Y mientras todo aquello pasaba, el mundo iba cambiando. Lehman Brothers quebró y llegaron los rescates de la banca, la victoria de Cameron, la austeridad, Merkel, Grecia. En su caso, además, irrumpió la rabia de lo personal: su madre, que había trabajado durante toda su vida para el área de Cultura del ayuntamiento, fue despedida en una reducción de plantilla. Y en las calles se empezó a intuir un cambio, una palpitación hidráulica. Jane, que en el colegio aún había oído a unos pocos compañeros hablar bien de Thatcher y de las virtudes del mercado, notaba ahora que a la gente se le había caído la venda de los ojos. En los conciertos y en las manifestaciones las consignas ardían con una nueva urgencia, y uno ya no sentía ninguna necesidad de estar a la defensiva cuando sujetaba la pancarta de «El capitalismo no funciona». El consenso anticapitalista iba extendiéndose, y el orden establecido empezaba a parecer frágil. Su padre retuiteaba artículos incendiarios del periodista Paul Mason, su madre había entrado en el equipo de ayudantes del diputado Jeremy Corbyn.

Un día, Jane despertó en su piso compartido del municipio de Hackney sintiéndose cansada y perdida. No había mediado ninguna pelea con amigos, ni ninguna crisis en los grupos en los que militaba. Incluso lo de Sean y Lily había comenzado a desvanecerse en la colorida espalda del tiempo. Más bien era como si se hubiese gastado el cable que la unía a una red eléctrica, y ahora escuchara de pronto un silencio ahogado durante años.

Estuvo varias noches sin dormir, fumando cigarros de liar con el cenicero apoyado sobre el estómago. En ocasiones se pensaba a sí misma y veía a un clon de tantas otras personas a las que había conocido durante aquellos años. Otras veces se sentía como una sombra que nunca hubiese adquirido sustancia, un fantasma al que nadie veía. Tan pronto se le hacía una bola en la garganta como le invadía una profunda indiferencia. Se puso a releer sus antiguos poemas, y también rescató su vieja guitarra del fondo del armario. Tras mucho afinar las cuerdas logró resucitar los acordes de «Chelsea Hotel»:

You got away
Didn't you baby
*You just turned your back on the crowd.**

El fin de semana siguiente, mientras unos amigos de Occupy London organizaban una charla con representantes de Syriza, de Podemos y del Movimiento 5 Estrellas, Jane redactaba una solicitud para el máster en Literatura Inglesa de su antigua facultad en Cambridge.

Han pasado un par de años desde entonces, el máster ha dado paso al doctorado, y Jane sigue moviéndose en un terreno ambiguo. Su tesis versa sobre el potencial revolucionario de la poesía de Crane, un tema que le ha llevado a actualizar sus conocimientos de teoría cultural, y a profundizar en otros gigantes como William Carlos Williams, Marianne Moore y Ezra Pound. La facultad es muy activa, y la gente se toma en serio los seminarios, y su directora de tesis la cuida y la anima. Además, sigue habiendo un montón de oportunidades para seguir implicada en las viejas causas: junto a su participación en Cambridge Defend Education, Jane ha ido a manifestacio-

* «Tú te escapaste, / ¿verdad, cariño? / Sencillamente le diste la espalda al gentío.»

nes contra el UKIP y la EDL, e incluso participó en la cacerolada contra Marine Le Pen cuando esta fue a la universidad a dar una charla. Pero siente una especie de desasosiego cuando relee los capítulos de su tesis y le parece estar escuchando a una desconocida hablar de otro desconocido. O cuando echa un vistazo a sus estanterías y constata que su Moleskine sigue siendo un paréntesis negro y olvidado entre los volúmenes de Raymond Williams y de Judith Butler. Supone, en fin, que ha sido ese desasosiego el que la ha llevado a estar tan rara durante las últimas semanas, mintiendo a sus amigos o yendo a tomar algo con aquel español desconocido que la abordó en la cafetería de la biblioteca.

El móvil zumba sobre la mesa. Es un SMS de Miriam, una de las amigas que están en la okupación de Lady Mitchell Hall:

«¿Vas a pasarte esta tarde por aquí? Por saber si tengo que salir a por provisiones. Necesito cenar algo antes de presentar a un profe que ha insistido mucho en darnos una charla sobre la Guerra Civil española».

Jane se muerde el labio y baraja unas cuantas mentirijillas, hasta que se decide por una versión parcial de la verdad:

«Lo siento, pero tengo cena en el college. Es el cumple de una amiga que nos cogió entradas a un grupo grande, y no puedo echarme atrás sin perder diez libras. Cuando acabe me paso».

La respuesta no tarda en llegar:

«No te preocupes, no vas a venir a las barricadas vestida de seda. Ya te veremos mañana, que será el día gordo».

Jane escucha en su mente el carraspeo de la culpabilidad, y luego decide que por un día ya vale de angustias. Reconstruye su taquito de libros, desliza una ficha de reserva bajo las tapas del primero y se dirige hacia las escaleras. Son casi las seis, y en el vestíbulo se oye ya el pitido arrítmico del sistema de préstamo de libros.

Desde su pupitre en el segundo piso del Frente Sur, Alejandro ve a Jane salir de la biblioteca y quitar el candado de su bici. Luego observa su lento alejarse hacia el atardecer.

* * *

«Buenas tardes, Germán:

Anoche estuve en una cena con Konrad Wissenbaum, el investigador cuyo trabajo sobre desigualdades en América Latina te comentaba el otro día. Me confirma que vendrá a la conferencia del domingo, así que lo podrás conocer. Es un revisor habitual de artículos propuestos para revistas importantes, así que seguramente te dará buenas ideas acerca de cómo transformar tu investigación en un *paper* potente.

En la cena también charlé con un chico mexicano que hace unos años hizo el mismo máster que tú. Ahora está trabajando en Londres para la consultora Holden-Wilson. Le hablé de ti y me dijo que le escribas si necesitas orientación en cuanto a las opciones laborales que puedes tener después de este año. Se llama Daniel y su dirección es dtrevinopesce@hw.co.uk.

Espero que la preparación para la conferencia esté yendo bien. Un saludo,

Jacques.»

Germán devuelve el móvil al bolsillo, entra en la residencia del *college*, llega hasta su cuarto, cierra la puerta tras de sí y extrae el portátil de su funda. En cuanto arranca le aparece en la pantalla una ventana blanca y azul:

«¿Listo?».

Germán se coloca los cascos y pulsa el botón de videollamada. Tras un par de segundos, la pantalla se llena del rostro de Elena. Su contorno se difumina en una aureola de píxeles, y los matices de su complexión se han sintetizado en dos tipos de blanco. Pero no hay duda de que es ella, y de que le está mirando, y de que sus labios murmuran las palabras que ahora llegan a sus oídos.

—¿...é tal, mi amor?

—Bien, mi amor, ¿qué tal tú?

—Bien, hoy no puedo hablar mucho porque el redactor jefe quiere platicarnos sobre no sé qué y tengo que entrar en la redacción más temprano de lo normal. Pero, cuéntame, ¿qué tal tu día? ¿Remaste?

—Remé, remé. Y luego estuve en la Sala Gates preparando la ponencia del domingo...

—Perdona, ¿qué dijiste? Se cortó la voz cuando decías algo de una Sala.

—Decía que he estado preparando la ponencia de...

—¿Me oyes?

—Sí, mi amor, yo te oigo, ¿me oyes tú a...?

La imagen se esfuma. Germán espera unos segundos y vuelve a apretar el botón de videollamada. Elena la acepta enseguida.

—Hola, mi amor —dice él. —¿Ya funciona?

—¿...e oyes?

—Sí, hola, ¿funciona ahora?

La imagen se vuelve a desvanecer. Germán toma aire con veterana paciencia y prueba por tercera vez.

—¿Bueno?

—Sí, aho... sí, Germán, ahora te oigo bien. Disculpa, creo que es el wifi del departamento.

—Te digo que llames a Telmex.

—Ni modo, si tú quieres estar tres horas platicando con los de atención al cliente para que te pasen de un operador a otro, lo haces cuando regreses.

—Bueno. Te decía que pasé todo el día en la Sala Gates preparando la ponencia del domingo.

—¿La de la conferencia de Londres?

—Sí, la que organizan los de la embajada.

—Recuérdame, ¿quién va?

—Es una mezcla. Habrá representantes de organismos internacionales y de empresas con intereses en México. Y vendrán investigadores interesados en la evolución económica de América Latina. Precisamente va a estar un profesor muy respetado en mi campo y que me puede dar buen *feedback* para convertir mis ideas en un *paper* con buena difusión. Y también me dijo mi director que estará otro mexicano que hace unos años hizo la misma maestría que yo, y que ahora trabaja en Londres. Le voy a escribir para presentarme.

—Muy bien, mi amor.

—¿Tú cómo estás?

—Bien, aunque... —responde Elena, y se lanza a contar una historia acerca de sus amigas, o quizá es sobre sus primos. El caso es que Germán desconecta sin desearlo verdaderamente, sin que medie malicia ni desprecio. Más bien se parece al acto reflejo de quien deja de fijarse en algo tras haberlo visto demasiadas veces. Se reengancha unos minutos después, cuando ella ha pasado a hablar de su trabajo—...ada hora llega un nuevo bomberazo, y como falta personal me ponen a hacer cosas que todavía no sé hacer. Y además siempre trabajamos con la duda de si los de arriba no decidirán que llevamos demasiadas noticias del narco, y que hay que retirar algunas en favor de reportajes sobre el nuevo iPhone. Igual y la reunión de hoy tratará de eso. En fin, debo irme. ¿Hoy tienes una de esas cenas aristocráticas?

—Sí, ahorita voy para allá.

—¿Te pondrás la toga?

—No, en mi *college* solo es necesaria en la cena de comienzo de curso — responde él con algo de impaciencia. Debe de ser la quinta o sexta vez que se lo explica, pero es evidente que a ella le gusta mencionar las peculiaridades de Cambridge. Cuando no le pregunta por las togas lo hace por el equipo de remo, o por la plegaria en latín de antes de la cena, o por las fiestas de las *drinking societies*, o por la prohibición de pisar la hierba de los *colleges* si uno no es profesor. Germán detecta en sus preguntas cierta expectativa, como si quisiera que le confirmase la extravagancia de aquel sitio. Y es cierto que, en un principio, él se alegraba de poder compartir con ella las observaciones que iba haciendo de su nuevo ambiente. Pero con el paso de los meses ha ido perdiendo interés en ello. Ahora comprende que las togas, las barcas y los jardines no son más que anécdotas, distracciones de lo que conforma el verdadero pulso de aquella institución. Es cuando uno rasga el velo de las expectativas, cuando abandona la actitud del turista, cuando empieza a apreciar cosas verdaderamente interesantes. Germán intenta recalcar este punto—: Por cierto, creo que estas cenas son más de la aristocracia china que de ninguna otra. En la de la semana pasada estuve platicando con varios hijos de altos cargos del Partido Comunista de allá. Me decían que se han comprado Ferraris y departamentos en Londres nomás para los ocho meses que van a estar aquí.

—Esos lo que hacen es lavar dinero.

—Obvio. Yo creo que aquí tienes un reportaje esperándote.

—Pues en seis días lo empiezo.

En cuanto desaparece la voz de Elena, Germán cobra conciencia de los ruidos que provienen del pasillo. Voces, risas, ruido de tacones. Se levanta rápidamente y se cambia la camisa, sustituye los calcetines de algodón por otros más finos y altos, y se hace el nudo de la corbata. Luego, mientras se pone los gemelos, echa un vistazo a la habitación. Es posible que se le haga pequeña a Elena durante los días que pasen en Cambridge: el armario ya está prácticamente lleno solo con las camisas y chaquetas de Germán, y la cama no está pensada para dos cuerpos. Pero él confía en que aquella estrechez quede compensada por los hoteles en los que se hospedarán durante el resto de su viaje: Londres, París, Bruselas, Roma.

Germán sale de la residencia pensando que la relación entre Elena y él ha alcanzado ese estado en el que no existen verdaderos conflictos, sino solo problemas que hay que resolver juntos. Buena muestra de ello es, precisamente, que ella aceptara de tan buen grado que Germán se fuera a Europa a estudiar un máster. Es la primera vez que se separan por un espacio sustancial de tiempo desde que se conocieron, hace ya cinco años, en una fiesta de la prepa. Ella estaba tan guapa sosteniendo su vaso de vodka con Sprite, riéndose de los pliegues planchados de la camiseta de él. Desde entonces habían sobrevivido sin grandes problemas a estudiar carreras diferentes en universidades distintas —ella hizo Comunicación en la Ibero, mientras que él estudió Gobierno y Finanzas Públicas en el CIDE—. Los dos tenían una idea de las relaciones como compromisos vinculantes, y se sentían definidos tanto por ese principio general como por la relación particular en la que se habían embarcado. Germán se enorgullecía, además, de ser una persona con las ideas claras, y que a la hora de la verdad tomaba siempre la decisión responsable. Cuando, tras tres años de noviazgo, notó que su relación empezaba a flaquear, que ni las historias de Elena le despertaban ya interés ni su cuerpo le excitaba como antes, cogió el toro por los cuernos y le propuso que se mudaran juntos a un piso alquilado en la colonia Escandón. Y cuando empezó a interesarse por la posibilidad de desarrollar sus ideas acerca de la narcoviolencia y los incentivos microeconómicos en una universidad extranjera, en el marco de un posgrado, le dejó claro a Elena que este sería el último paso antes de la boda. En los últimos días incluso bromean con que el próximo viaje que harán a Europa será para enseñar a sus hijos dónde estudió papá.

El anochecer es suave, y Germán pedalea con cuidado de que no se le enganchen los bajos del traje en la cadena de la bici. En las puertas de los *colleges*, bajo los dinteles góticos, grupos de chicos y de chicas se tienden la mano y miran sus relojes. Aún no se han encendido las farolas, y la luz se desvanece en el empedrado.

* * *

«Y en el ámbito de economía y empresa, las acciones de Lehman Brothers han recuperado parte de su valor después de los rumores que circularon ayer acerca de posibles errores en la contabilidad de la compañía. A última hora de la tarde, las acciones de la entidad financiera cotizaban a...»

Tres ciclistas pasan a su lado como un relámpago. Alejandro desliza la mano en el bolsillo y sube el volumen de los auriculares.

«En el exterior, el candidato a la presidencia de Estados Unidos, Barack Obama, ha dado un discurso en Saint Louis en el que ha insistido en su firme propósito de cerrar el campo de detención de Guantánamo en caso de ser elegido...»

Otro par de ciclistas le adelanta a toda velocidad. Dos espaldas desnudas y finamente bordeadas remontan el puente de Garret Hostel y desaparecen tras la cima.

Toda la ciudad se dirige a las cenas de los *colleges*, mientras que Alejandro regresa a pie a su casa después del cierre de la biblioteca. Él también iría a la cena de Clare College si no tuviese el simposio de posgrado al día siguiente. Ha decidido que esta es su última oportunidad de convencer a su director de tesis de que su proyecto puede ser interesante tal y como lo planteó originalmente. Está claro que Percy leyó con demasiada rapidez algunas de las secciones del capítulo que comentaron aquella mañana; recordarle en persona la originalidad de su planteamiento le sacará de su error. Por ello prefiere dedicar la noche a pulir el texto de su ponencia y afinar algunos de sus argumentos.

Alejandro tuerce en Free School Lane y se aproxima a su casa. El torreón se alza sobre la calzada como un gigante achacoso.

«Y en deportes, el presidente del Real Madrid, Ramón Calderón, ha descartado la salida de Robinho del club a pesar de las declaraciones del delantero brasileño, quien en una entrevista con un medio inglés aseguraba que...»

Hace tiempo que le cogió afición a descargarse en el móvil viejos boletines de noticias en formato *podcast*, y a escucharlos en sus paseos por Cambridge. Hay algo que le atrae en aquellas voces del pasado, sobre todo cuando hablan en las inmediaciones de grandes acontecimientos —elecciones, escándalos, fichajes— o cuando anuncian cosas que nunca llegaron a suceder. Le atrae esta demostración de la textura huidiza y fértil del tiempo, esos puentes que se pueden recorrer hacia delante o hacia atrás pero por alturas distintas, de tal modo que quienes podrían cambiar la historia no tienen suficiente conocimiento para ello, y quienes poseen ese conocimiento ya llegan demasiado tarde a un pasado destruido. Y le fascina la idea de que todo momento contiene entre sus pliegues la semilla de otro momento, aunque nadie lo sospeche o pueda hacer algo para impedirlo. Como aquella mañana en la que sus padres dijeron que cien mil personas podían hacer su trabajo albergaba su futura trayectoria estudiantil. O como aquella vez que vio a una chica guapa de pelo castaño en la cafetería de la biblioteca, pasando las páginas de un periódico mientras sorbía una taza de té, contenía todas las siguientes veces en que coincidiría con ella en ese mismo espacio, hasta terminar desarrollando una pequeña obsesión por sus labios cerrados y sus ojos grandes, atentos, suaves. Esos ojos que se fijaban en cualquier cosa menos en los suyos.

Aquella obsesión, gestada durante meses, había terminado rompiendo como una ola el día anterior. Alejandro vio a la chica sentada sola a la hora de comer, cuando la cafetería estaba de bote en bote. Uno de los pocos asientos libres quedaba precisamente frente a ella; era ahora o nunca. Se acercó a preguntarle si se podía sentar ahí, y sintió una efervescencia en su estómago cuando los ojos de ella le miraron por primera vez. Sí, claro que puedes. Se presentaron, y Alejandro inició una conversación que nunca voló demasiado alto. Él hablaba con el desenfreno de la adrenalina, sin comer prácticamente nada de su plato, y ella escuchaba y respondía a las preguntas con una serenidad inquietante. Él pensó en decirle que llevaba meses fijándose en ella, y sintiendo que quizá ella también tenía ganas de huir, y creyendo que quizá juntos podrían hacerlo, marcharse de ahí o quizá solo de sí mismos, ¿qué tenían que perder?; y mientras se daba cuenta de que no había forma de decirle todo eso sin que ella pidiese inmediatamente auxilio al personal de la cafetería, la conversación seguía adelante con el piloto automático y Jane seguía respondiendo con paciencia a sus sosas preguntas, sus sosos comentarios. Al final, más por dar carpetazo a aquel capítulo de su fantasía que porque pensara que aquello estaba yendo bien, Alejandro le preguntó si quería quedar algún día para tomar algo. Para su sorpresa, ella respondió que sí y sugirió ir a un pub esa misma noche.

Ahora Alejandro piensa en que aquella sugerencia contenía la tormenta que les sorprendería en la calle, y el animador del concurso de conocimientos, y el chico mexicano y la chica americana, y la forzada naturalidad de su despedida al terminar la velada. Y contenía también este momento, en el que él querría enviarle un mensaje para volver a verse pero decide que no, que es mejor que pase un día. Mañana es viernes, puede esperar hasta media tarde y preguntarle entonces si le apetece quedar a tomar algo.

Alejandro está ya en la cocina de su casa. Enciende la luz. Los tubos fluorescentes parpadean —plin, plin, plin— antes de saturar de blanco la habitación. No hay rastro de sus compañeros. Abre el congelador y extrae la pizza pétrea que, en trece minutos, será su cena.

* * *

Suena el gong. Las conversaciones se apagan entre ecos. Una fila de profesores entra en el comedor, con sus togas y sus corbatas de rombos. Avanzan en silencio por el pasillo del centro. Cuando alcanzan la mesa elevada del fondo, uno de los profesores se vuelve hacia los estudiantes para recitar la plegaria del día. Algunos agachan la cabeza, otros fijan los ojos en el vacío. Las frases en latín van trenzando una cuerda invisible, y el tiempo parece posarse sobre ella como un mirlo desorientado. Los cubiertos de plata, las mesas de madera, las manos apoyadas sobre el respaldo de los asientos podrían ser de cualquiera de los últimos ocho siglos.

Al final el profesor pronuncia un escueto «amén» y los estudiantes murmuran otro como respuesta. El siglo XXI reanuda su marcha con un corrimiento de sillas.

—Oye, disculpa. ¿Tú no estabas en el grupo de lectura de estudios culturales?

Jane vuelve la cabeza hacia su vecino, que hasta ahora no ha sido más que un borrón visto de reojo. Calculó mal los tiempos en casa, tratando de escoger un vestido que no agudizase demasiado su sensación de culpabilidad, y llegó al comedor cuando ya solo quedaban asientos libres cerca de la puerta. Un par de amigas le hicieron gestos de frustración desde el otro lado de la sala, indicando que no le habían podido guardar un sitio a su lado. Jane se encogió de hombros y les indicó que ya se acercaría durante los postres.

Ahora mira al vecino que tiene a la derecha. Es rubio, de pómulos marcados y mentón débil. Sus gafas de pasta hacen juego con su corbata azul. Tiene una expresión tranquila, una sonrisa amable.

—Sí, estuve durante algún tiempo —responde ella finalmente.

—Ya me parecía. Te recuerdo de una de las primeras sesiones, fuiste la que presentó el texto. ¿Puede ser que fuera un ensayo de Stuart Hall?

—Disculpe, *madame*.

Jane inclina el torso hacia la derecha para hacer sitio al brazo del camarero, y luego se inclina hacia la izquierda para que sirva a su vecino. Están en el aperitivo: un puré de legumbres en platos con el escudo de King's College.

—Sí, hablé en la sesión sobre Stuart Hall —responde Jane.

—Recuerdo que me gustó mucho lo que dijiste sobre su lectura de Gramsci. Eres de las pocas personas de nuestra edad que se han tomado la molestia de leerlo.

—Gracias. Aunque no debió de gustarte tanto si no volviste.

—Ahí me has pillado—responde él con una sonrisa amable—. Pero era un poco inevitable. En realidad estoy en la Facultad de Historia Económica, y tenemos un grupo de lectura propio que me quita mucho tiempo. Fui a vuestra sesión sobre Stuart Hall porque leí cosas suyas en la carrera y siempre me había interesado conocer algo más su obra. A propósito, me llamo Rudi.

—Yo me llamo Jane.

—¿Te sirvo vino?

—Sí.

Rudi alcanza la botella que descansa en mitad de la mesa, y Jane se distrae con la caída dúctil del tinto. Cuando recupera el sentido de la conversación, el chico está a media frase:

—... de la misma moneda. Yo estudio el desarrollo del capitalismo industrial en Inglaterra, pero el capitalismo me interesa sobre todo como un mecanismo que establece nuevas relaciones de señorío y servidumbre. Eso se puede ver muy claramente comparando precios y sueldos, cómo el sistema capitalista va estableciendo su nueva lógica de dominación en la sociedad posfeudal. Vosotros, en los estudios culturales, también miráis el poder, pero desde la óptica de la cultura y la ideología. Vamos, que coincidimos en muchas cosas, aunque yo trabaje con números y tú con palabras.

Un brazo aparece entre ellos, y ambos se escoran para permitir que recoja el plato. Jane aprovecha la pausa para observar a los camareros invisibles, esos siete u ocho brazos enfundados en mangas blancas que aparecen a lo largo de la mesa, irrumpiendo en el espacio entre hombros y melenas. En sus primeros años en Cambridge se esforzaba por establecer contacto visual con los camareros, por darles las gracias con efusividad; y si los veía fumando delante del comedor al terminar la cena se acercaba a charlar con ellos, preguntándoles por sus vidas y sus aspiraciones, e indagando si se sentían explotados por el sistema neoliberal. Incluso llegó a tener cierta complicidad con un par de chicas polacas antes de que sus maridos encontraran trabajo en Londres y ellas dejaran Cambridge. Luego Jane fue perdiendo la energía necesaria para ese tipo de ejercicios. Además, se fue dando cuenta de que la mayoría de los camareros prefería que les dejase trabajar en paz.

* * *

—Y dinos, Germán, ¿cómo ves todo eso de la guerra contra el narcotráfico en tu país?

Germán lleva tiempo esperando la pregunta. En estas cenas es frecuente que, cuando coincide en una mesa un grupo especialmente internacional, cada uno explique al resto las vicisitudes que atraviesa su país. Mientras los camareros traían platos y se los llevaban, la chica griega ha expuesto la corrupción moral de los mercados internacionales, el chico egipcio ha expresado su consternación ante el futuro de la Primavera Árabe, el chico catalán ha relatado su desconcierto ante la deriva de los nacionalistas en su región, y el tipo de Tailandia ha metido baza con una parrafada algo difusa acerca de su rey. Ahora ya solo queda que el mexicano hable sobre las miserias de la narcoviolencia.

La pregunta la ha formulado una canadiense rubia y de pechera generosa, que ha asumido el rol de moderadora de esta mesa redonda de exploración intercultural. Se llama Emily y está sentada a la izquierda de Germán, quien de pronto percibe el sugerente olor de su perfume. Reacciona llevándose la mano a la corbata y alisándosela un par de veces. Siempre le ha tranquilizado llevar corbata, le parece una declaración de fe en el orden del mundo.

—Bueno, es un tema muy amplio y no quisiera robarles mucho tiempo —empieza a responder, estirando un poco la espalda y dejando los cubiertos sobre el plato. Sus manos quedan libres ahora para acompañarlo en la exposición—. Yo diría, sobre todo, que la lucha actual contra el narcotráfico sufre de algunos errores de perspectiva. Yo voté por Calderón, porque creo que efectivamente el Estado y la sociedad no pueden esconderse del problema; pero su enfoque se centra demasiado en la fuerza, en la seguridad, cuando el narco es fundamentalmente una industria. La gente no entra en él por razones ideológicas, sino por cuestiones de plata. Es más, hay estudios que muestran que existe una relación entre pobreza, desigualdad y narcoviolencia. Así que, si reducimos la pobreza o la desigualdad, estaremos debilitando las condiciones estructurales que dan pie al narco.

—¿Y cómo se consigue eso? —pregunta Emily. Aunque toda la mesa le está escuchando, Germán inclina la cabeza para que quede claro que le está respondiendo principalmente a ella.

—Pues eso es exactamente lo que examino en mi tesina. Durante las últimas décadas se ha probado en muchos países de América Latina una fórmula para reducir la pobreza: los *conditional cash transfers*, o CCT. Se trata de ayudas económicas que van condicionadas a ciertas acciones por parte del beneficiario: por ejemplo, enviar a sus hijos a la escuela. México ha estado experimentando con programas de este tipo durante los últimos años, y en general los efectos han sido positivos. Sin embargo, nunca se ha realizado un análisis acerca de los efectos de estos programas en zonas con fuerte presencia de organizaciones ligadas al narcotráfico. Así que estoy desarrollando una comparación entre los efectos de estos programas en zonas con presencia del narco y zonas sin ella.

»Lo que estoy descubriendo es que sí, que en general los hogares que reciben este tipo de ayuda en zonas controladas por el narco experimentan una mejoría en todos los indicadores relevantes. Por ejemplo, estos programas tienen un efecto positivo en la educación de los niños, lo que reduce la posibilidad de que terminen entrando en las organizaciones criminales. Es cierto que la mejoría es ligeramente menor que en zonas sin presencia del narco, pero el efecto general sigue siendo bastante positivo. Por ello, sugeriré que los programas de CCT se expandan de forma más ambiciosa en las zonas de mayor presencia del narco, quizá incluso en un programa conjunto del Estado y el sector privado. Porque si cambiamos los incentivos que llevan a los más desfavorecidos a entrar en las organizaciones criminales, haremos más sencilla la lucha policial contra ellas y todos saldremos ganando.

—Qué fascinante —dice la chica canadiense, mirándolo como si estuviera ante el próximo presidente de México.

—Bueno, gracias. Yo creo que lo importante es intentarlo. Al final a todos nos llega un momento en que debemos elegir: o huimos de los problemas que afectan al mundo que nos rodea, esperando que sean otros quienes los resuelvan, o intentamos correr hacia ellos y aportar nuestro granito de arena para hacer un futuro mejor.

Unos brazos traen el postre. Tarta de manzana con helado de vainilla. En el centro de la mesa aparece, también, una botella de vino dulce. La conversación prosigue mientras el chico catalán escancia el vino en las copitas del grupo. Germán se siente satisfecho de haber podido condensar en un par de minutos el discurso que dio a los evaluadores de la Fundación Gates durante su entrevista para la beca.

Desde otro sector de la mesa le llega un retazo de conversación:

—No os engañéis, la única manera de acabar de una vez por todas con los eurófobos y con el UKIP es darles el referéndum que piden.

* * *

Jane echa un vistazo a las botellas de whisky que forman, con rigidez militar, detrás de la barra. En sus barrigas se reflejan las pajaritas de los chicos que luchan por obtener la atención de algún camarero. Si entorna los ojos, casi parece una colección de murciélagos conservados en alcohol por algún científico loco.

Se encuentra en el bar de King's College, en el que acaba de desembarcar junto a un grupo de comensales de la cena. El local está bastante lleno. Suena música de los Libertines y los grupos cuajan alrededor del futbolín y del billar. Jane y sus amigos se han hecho con una mesa y acercan sillas y taburetes.

—¿Qué te apetece? —le pregunta Rudi mientras ella se sienta.

—Mm... un gin-tonic.

—¿Con rodajita, sin rodajita, o te da exactamente igual?

—Me da exactamente igual.

—Sacrilegio.

Jane sonríe mientras le ve encaminarse hacia la barra y entrar en la escaramuza de codos y de brazos en alto. La verdad es que el chico lo ha estado haciendo todo bien: a lo largo de la cena ha sabido cuándo profundizar en la conversación, cuándo darle un respiro hablando con otros vecinos, cuándo apelar a ella para resolver un desacuerdo trivial. En algunos momentos ha puesto la cuarta con Stiglitz y con Piketty, y en otros ha bajado a segunda con *Mad Men* y *The Wire*. Ha estado gracioso sin llegar al histrionismo, y atento sin caer en la babosería.

—De todas formas —dice una de sus amigas—, esta okupación está mucho menos currada que la de Senate House del año pasado, ¿os acordáis?

—Sí, que tenían como ocho contenedores distintos para el reciclaje, y voluntarios que pasaban cada hora con las bayetas.

—Y habían montado el espacio ese de intercambio de habilidades, en plan Burning Man.

—Yo ya sé que soy una burguesa de mierda, pero cuando vi que habían enrollado esa alfombra maravillosa que está ahí para las ceremonias de graduación, y que la habían colocado en una esquina para que no se ensuciara, casi lloro de la emoción...

El ambiente es alegre. La conversación gravita alrededor de la okupación de Lady Mitchell Hall, pero Jane nota que se rehúyen los debates. La gente es consciente de que al día siguiente tendrán la asamblea definitiva y la esperada charla del Periodista-Activista, y que el sábado marcharán sobre Londres. No está mal que esta noche haya un poco de desahogo. Las conversaciones se encaraman al tiovivo del humor, las risas suben y bajan como caballitos de madera, y hay en el aire un ansia como de celebrar algo. Las manos se posan sobre rodillas ajenas, las confidencias acercan los cuerpos. Y Jane sabe que la noche seguirá sus cauces habituales, y que terminarán cerrando aquel sitio y yendo a bailar a Kambar, y que escucharán canciones de Arcade Fire, de los Smiths, de Pulp, de Oasis, de Blondie, y que todos alzarán la cara hacia las vigas del techo y gritarán que *every time you close your eyes, lies lies*, y *this charming man, oh oh*, y *I never knew that you'd get married, I would be living down here on my own*, y *your hair is beautiful, oh tonight*,* y que en algún momento terminará una canción y ahí estará aquella persona. Aquella inevitable persona. Y volverán en bici a la habitación del que viva más cerca, y descargarán el calentón con un polvo brioso y torpe, y luego hablarán y fumarán cigarros de liar durante un rato.

Jane se acuerda de pronto del chico español de la noche anterior. Sigue sin entender bien por qué le dijo que sí a lo de tomar algo. Es cierto que le atrae físicamente, pero hay algo más, una especie de intuición. O quizá solamente le guste que sea alguien alejado de sus círculos de amigos, que pueda ubicarlo en ese espacio íntimo donde guarda sus dibujos adolescentes del puente de Brooklyn y los acordes de «Chelsea Hotel». Asimismo, se pregunta qué sentirá si él la llama para volver a tomar algo, o qué sentirá si al final no vuelve a saber de él. A lo mejor aquella historia termina difuminándose en el éter de las cosas que pudieron haber sucedido, pero nunca lo hicieron.

En cualquier caso, comprende que si está teniendo estos pensamientos es que no le apetece seguir la corriente de la noche. Cuando Rudi vuelve a la mesa con las bebidas, ella ya está escuchando el ruido de sus propios tacones contra el empedrado.

* «Cada vez que cierras los ojos, mentiras, mentiras... este hombre encantador, oh oh... nunca pensé que te acabarías casando, y que yo terminaría viviendo solo aquí abajo... tu pelo está precioso, oh, esta noche.»

* * *

Tatatata.

Tatatata.

Tatatata.

Beth abre los ojos y suspira.

Tatatata.

Tatatata.

El sonido proviene de la pared que tiene a su derecha. Beth saca el brazo de debajo de las sábanas y descarga un manotazo contra el yeso.

Silencio.

Y luego otra vez: tatatata, tatatata.

Hace varias semanas que, cuando está en la cama con un *bestseller* o incluso con la luz ya apagada, escucha un pequeño martilleo contra la pared. No es algo que suceda todas las noches, pero cuando empieza puede estar sus buenos diez minutos descargando pequeñas ráfagas.

El sonido siempre proviene de la pared exterior de su habitación, no de la que comparte con el pasillo ni tampoco de la que está contigua al baño. Cuando preguntó al resto de los inquilinos de la casa —investigadores que están haciendo breves estancias en la ciudad, y cuyos nombres casi no recuerda— si ellos también lo habían oído le dijeron que no; luego se marcharon de la cocina. Beth habló entonces con los bedeles del *college*, quienes le dijeron que probablemente se trataba de un pajarillo que se había colado por alguna de las ranuras entre las tejas, y una vez dentro de la gruesa pared no había sabido encontrar el camino de salida. Le recomendaron que fuese paciente, que pronto se moriría y la dejaría en paz.

Tatatata.

Tatatata.

Tatatata.

Beth se cubre la cabeza con la almohada e intenta convencerse de que todo esto tiene algún sentido.

—¡Curva pasada! ¡Quedan quinientos! ¡Y atrááas! ¡Y atrááas! ¡No me lo pienso! ¡Vamos los ocho! ¡Y atrááas! ¡Y atrááas! ¡Hay que querer! ¡Hay que querer! ¡Y atrááas! ¡Tenemos cojones! ¡Echadle cojones! ¡Grandes cojones! ¡Y atrááas! ¡Y atrááas! ¡Doscientos cincuenta! ¡Es el momento! ¡Chispa, Germán, chispa! ¡Y atrááas!

Al concluir el entrenamiento, Germán dedica unos minutos a hacer estiramientos mientras las aguas se van calmando alrededor del muelle. La espuma se disuelve, el corte que causó la barca se vuelve a inundar de verde.

—Hay que echarle más huevos, Germán —le dice la timonel al pasar por su lado. Es una chica de metro cincuenta, y se está ajustando el pelo bajo una gorra de béisbol—. ¿O necesitas que te deje un Tampax?

—Gracias, Lizzie, no será necesario.

—La próxima vez déjale una quesadilla en la meta, Lizzie —dice uno de los remeros, que aún no se ha puesto nada encima del traje de licra—. Ya verás como rema para alcanzarla.

—Prefiero remar sobre tu madre, James —responde Germán mientras le quita el candado a la bicicleta. A sus espaldas estalla un coro de «uoooh», y Germán se siente inquietantemente integrado.

Media hora después ya está pedaleando hacia el centro de la ciudad. El sol se intuye entre las nubes bajas, y Germán siente el viento en los restos de humedad que le han quedado en el pelo. Aún le sorprende el contraste entre estas calles medievales y la locura vial de Ciudad de México. En un principio Cambridge le pareció claustrofóbicamente pequeña, y hasta le inquietaba la frecuencia con que uno se encontraba con conocidos en la calle. Pero tras unos meses ha aprendido a disfrutar lo que es subirse a la bici cada mañana y deslizarse tranquilamente hasta su destino, sin atascos ni frustraciones ni polución ni peligros. Y qué eficiencia y versatilidad otorga a sus días no tener que realizar jamás un desplazamiento que exceda la media hora de duración. Por no hablar del dinero que ahorra al no tener que coger jamás un taxi, o repostar gasolina.

Germán se detiene en un semáforo rojo a la altura de Silver Street. Se está soplando las manos —aún entumecidas— mientras espera a poder retomar la marcha, cuando le pasa por delante el autobús que va al campus biomédico. Siente un fogonazo de reconocimiento: tras una de sus ventanas le parece ver a la chica americana, la del concurso de conocimientos de hace un par de días. Germán levanta la mano a modo de saludo, pero el autobús pasa muy rápido.

La luz se vuelve a poner en verde, y un par de minutos después ya está entrando en el edificio de University Centre. Levantarse pronto para ir a remar le permite llegar el primero a la sala de la Fundación Gates y leer los periódicos que acaban de traer los bedeles. Suele dedicar quince minutos a hojear el *Financial Times* y el *International Herald Tribune* antes de ponerse con el trabajo del máster en una mesa junto a la ventana. Empezar temprano también le permite hacer recados a media mañana, como el corte de pelo que se dará a las once. Quedan cinco días para que Elena llegue a Cambridge, y ella siempre le ha preferido con el pelo muy corto.

De pronto siente un latigazo de culpa. Anoche flirteó mucho con la canadiense. En el bar, tras la cena, la distancia entre sus cuerpos fue menguando hasta que los grandes pechos de ella rozaban blandamente su brazo. Finalmente hizo acto de presencia su acostumbrada sensatez, y puso la excusa del entrenamiento del día siguiente para poder marcharse. Pero esta mañana, al despertar, se encontró con un mensaje en Facebook que confirmaba su culpabilidad:

«Hola :) Ha sido un placer conocerte esta noche. Dime si te apetece quedar a tomar algo un día de estos. Un beso, Emily».

Germán acerca la tarjeta al lector y empuja la puerta. Aún no ha llegado nadie, y las mesas vacías recogen toda la luz de los ventanales. Le encanta aquella habitación que mira sobre el río. Le gusta casi tanto como formar parte de la comunidad Gates, el centenar de personas cuyos estudios de posgrado financia cada año la fundación del creador de Microsoft. Es una de las becas más prestigiosas y difíciles de conseguir de la universidad, y se suele conceder a gente cuyos proyectos evidencian algún deseo de mejorar el mundo. Algunos de sus compañeros de beca investigan procesos para transformar el plástico en combustible; o analizan los mecanismos sociales que fomentan el odio interreligioso en Bangladesh; o desarrollan iniciativas para prevenir la trata de blancas en Europa del Este. Es una comunidad, en fin, que ve el conocimiento como un arma prometeica, un misil que se debe dirigir contra las plagas que hostigan a la humanidad. Esto, y no las togas o el uso folclórico del latín, es lo que le parece más notable de Cambridge. Y le tranquiliza que ahora, cada vez que encuentra una noticia preocupante en los periódicos, puede imaginar que hay algún chico o chica Gates que trabaja, callada y tenazmente, por encontrarle solución.

Hojea la prensa y luego se sienta en su mesa habitual. Sabe que debe contestar a Emily, agradeciéndole la invitación pero dejando claro que tiene novia. Pero eso será más tarde, ahora toca ponerse a trabajar.

* * *

—Pero Beth, ¿qué haces aquí?

—Buenos días, Jason.

—¿Tú no habías entregado ya la tesis?

—Así es.

—¿Y entonces? —dice el chico, mientras deja la mochila sobre una de las sillas del laboratorio. Es alto, pelirrojo, con el pelo recogido en un moño y una suerte de musgo naranja que le crece por las mejillas. Viste una camiseta verde oliva, cárdigan negro y vaqueros bajos y desgastados. Desde el primer día que entró en el laboratorio, hace ya ocho meses, Beth siempre ha tenido la impresión de que acaba de salir de una fiesta.

—Estoy con las solicitudes de plazas posdoctorales —responde ella, centrándose en transcribir una serie de números al cuaderno de laboratorio—, y me vendría bien tener un par de resultados más que pueda comentar en las entrevistas.

—Joder. El día en que yo deposite la tesis, me voy directo de la uni a la estación de tren y de ahí a Fabric. Sabes lo que es Fabric, ¿no?

—Ni idea.

—Es una discoteca en Londres. Mejor dicho: es la discoteca de Londres en la que deberías estar ahora mismo, dándolo todo entre pastilleros con ojos del tamaño de ruedas de tractor, en vez de estar aquí preparando reacciones.

—Pues yo creo que, en ese lejano día en que entregues la tesis, estarás tan agotado como yo y entenderás por qué no me apetecía coger un tren a Londres solo para ir a una discoteca.

—Si ese día estoy demasiado agotado para ir a Fabric, créeme que también estaré demasiado hasta los huevos del laboratorio como para volv...

—Oye, ahora en serio. ¿Qué tal si te pones con tus experimentos y me dejas en paz?

El chico sonríe, sacude la cabeza y desaparece tras el muro de cajas y estanterías que separa sus mesas de trabajo. Beth se centra en comprobar por tercera vez los cálculos de dilución del ARNm de la reacción que quiere poner en marcha. Una de las mangas de la bata se desliza hacia sus nudillos, y ella dedica unos segundos a remangársela. La tela tiene un tacto dócil, agradecido.

Lleva desde las siete de la mañana en el laboratorio. Una hora antes, mientras la luz del día se empezaba a insinuar tras las cortinas de su cuarto, se había resignado a que el único lugar donde quería pasar aquel nuevo día era el Hutchison. Esto es, el centro de investigación oncológica de la Universidad de Cambridge, el edificio en el que ha pasado los últimos cuatro años de su vida.

—Pero bueno, Beth.

En esta ocasión ella no ha oído la puerta, y se vuelve con cierto sobresalto. Sus ojos se encuentran con los de Stephen, el investigador principal del laboratorio y su director de tesis.

—Pensaba que ya habías entregado la...

—Sí —le corta Beth, consciente de que Jason los estará escuchando con una sonrisa desde su mesa de trabajo—. Pero me vendría bien tener un par de resultados más para las entrevistas de posdocs.

—Ya veo —dice Stephen. Es un hombre de cuarenta y pocos años del que siempre emana un aura de trabajo. No es que esté ojeroso, ni que su rostro (siempre bien afeitado) transmita cansancio. Más bien es algo en su forma de entrar todas las mañanas, a paso ligero, con la mochila cogida por una sola asa, o en aquella impaciencia que asoma a su mirada cuando una conversación dura más de cinco minutos—. Oye, ¿qué te parece si hablamos un rato en mi despacho?

—Primero tengo que preparar una reacción.

—Bueno, pues cuando termines ven a verme.

En realidad, Beth ya ha acabado de comprobar sus cálculos, pero quiere resaltar que está ahí para hacer algo de verdad, y no solo para huir del vacío de su cuarto. Así que distrae la espera haciendo garabatos en su cuaderno y tratando de recordar el nombre del chico mexicano que conoció el miércoles, y al que ha visto esta mañana desde el autobús. Le hace gracia la imagen de su cara sorprendida, su mano levantada del manillar en un medio saludo. Sabe que su nombre empezaba con una «g» dura de esas que pronuncian los hispanos, y se le viene a la cabeza aquel presentador de Fox News que le gustaba a su madre, Geraldo nosequé. Pero no, el chico del pub tenía un nombre distinto. En fin.

Cuando han pasado once minutos, Beth se levanta y cruza el corto pasillo que separa su poyata del despacho de Stephen.

—Hola, ¿te sigue viniendo bi...?

—Siéntate, Beth —dice él, sin dejar de escribir en el teclado del ordenador. El cuarto es pequeño, con una sola mesa sobre la que descansan el Mac y una apretada entropía de folios. Dos de las paredes están cubiertas de estanterías que aguantan carpetas azules, naranjas, rosadas. En la tercera pared cuelga un póster que muestra el microclima de un tumor B16F10 *ex vivo*, en el que las células cancerígenas están en azul, la matriz de colágeno que las rodea está coloreada de verde, y los fibroblastos asociados al cáncer aparecen en rojo. Es la imagen de microscopia confocal con la que Jason obtuvo el primer premio en una competición interna de todos los laboratorios que integran el Hutchison, apuntalando el prestigio de Stephen entre los demás investigadores y demostrando, una vez más, por qué Jason era su doctorando preferido. Aunque Beth tampoco tiene problema en reconocer que la imagen es preciosa.

Toma asiento en una silla giratoria de respaldo bajo, en la que siempre siente que se está resbalando. Stephen aporrea las teclas durante unos segundos más, pulsa un par de veces los botones del ratón, y fija finalmente su mirada sobre ella.

—¿Cómo van las solicitudes de posdocs?

—Ahí van.

—¿Cuántas llevas?

—Pues he escrito a noventa y cuatro laboratorios.

—Sí que lo tienes controlado.

—Guardo la información en una hoja de Excel. Empecé a hacerlo cuando un laboratorio al que ya había escrito tres semanas antes me respondió pidiendo que les dejara en paz...

—Vaya. Bueno, sigue.

—De los noventa y cuatro laboratorios, cuarenta y ocho me respondieron que sí, que estarían dispuestos a incorporar a un investigador posdoctoral, y de ellos treinta y siete tenían ya un proyecto y una plaza ofertada. Por ahora me han rechazado de treinta sin entrevista y de cuatro con entrevista. Aún no he sabido nada de otra entrevista que hice la semana pasada, pero imagino que si a estas alturas no me han escrito es que no ha habido suerte. Y tengo otras dos entrevistas por Skype la semana que viene; una es con un laboratorio que está en Leipzig y la otra con uno que está en Auckland. Luego están los once laboratorios que me dijeron que no tenían plaza, pero que podrían incorporarme en caso de que consiguiera una beca que financiara mi estancia allí. El problema es que hasta ahora me han rechazado en todas las que he pedido.

—Vale. ¿Y la plaza de Durham, en el laboratorio del doctor Sabrabophati...?

—Esa es la entrevista que hice la semana pasada y de la que aún no he sabido nada. La que supongo que no me han dado.

—Vaya. Estaba seguro de que encajarías en su proyecto. Y acaba de recibir un montón de financiación de Cancer Research UK...

—Lo sé. Supongo que por eso mismo le habrán llegado un montón de solicitudes para la plaza.

—Ya —dice Stephen, frunciendo el entrecejo—. Beth, ¿has hecho alguno de los cursos que ofrece la universidad para preparación de entrevistas?

—Los he hecho todos. «Preparación para entrevistas I», «Preparación para entrevistas II» y «Preparación avanzada para entrevistas». Y también los talleres de «Cómo solicitar un posdoc I», «Cómo solicitar un posdoc II» y «Diez consejos avanzados para solicitar un posdoc». Además, he pedido *feedback* tras cada uno de los rechazos que te comentaba.

—¿Y qué te han dicho?

—Bueno, no siempre responden, pero cuando lo hacen suelen señalar que mi currículum está un poco vacío. Que debería tener más cosas aparte de la investigación del doctorado y el *paper* de PLoS ONE. Por eso me vendría fenomenal que me dejaras seguir viniendo al laboratorio durante un tiempo. Además de los resultados extra para comentar en las entrevistas, me gustaría hacer experimentos para un segundo *paper* que tengo entre manos sobre el BM1.

Stephen guarda silencio y se mira las manos. En el despacho solo se oye el zumbido del ordenador. Finalmente vuelve a hablar:

—Beth, conoces las estadísticas, ¿verdad?

—Si te refieres a cuántas solicitudes de posdoc fracasan

por cada una que tiene éxito, estoy empezando a descubrirlas por mi cuenta...

—No, me refiero a las de la ciencia en el sentido más amplio. Mira, ayer salió un informe que confirma que solo un tercio de la gente que realiza doctorados de Ciencias obtendrá algún puesto de trabajo que tenga que ver con lo que ha estudiado..., ya sabes, plazas académicas, puestos en editoriales científicas, trabajos en la industria farmacéutica, etc. Los otros dos tercios terminan completamente fuera de cualquier área que tenga que ver con la ciencia. Esto es después de cuatro años de doctorado y quién sabe si seis, ocho, diez años encadenando posdocs. Sencillamente, no hay suficientes puestos para todos. Podemos debatir acerca de si la humanidad tiene claras sus prioridades cuando obliga a tanta gente cualificada a dedicarse a otras cosas; pero en cualquier caso este es el mundo en el que vivimos. ¿Te acuerdas de Rose, la posdoc que estaba aquí cuando llegaste al laboratorio? Ahora trabaja en la sección de venta online de Zara...

»Luego está la cuestión de si no solo quieres quedarte en el mundo de la ciencia, sino que además quieres obtener una plaza académica. Los últimos informes dicen que por cada plaza hay entre doscientas y trescientas solicitudes. Todas de gente que viene de las mejores universidades, que ya ha publicado en *Science* o en *Nature*, y que está apadrinada por investigadores bastante más conocidos que yo. Y luego, aun cuando acabes obteniendo una plaza, es muy posible que no pases la evaluación interna del centro, ya sea porque no alcances el mínimo de publicaciones o porque no consigas financiación externa para tus proyectos. Por no hablar de lo que supone para las chicas si queréis tener hijos y os quedáis embarazadas a la mitad del...

—No creo que yo vaya a tener ese problema.

—Vale. En cualquier caso, lo que intento señalarte es que este sector es muy muy jodido. Yo te apoyo si quieres seguir buscando posdocs, pero también es mi responsabilidad como tu director pedirte que te plantees si...

—Stephen, sé que lo lógico sería que me buscase otra cosa. Y sé que no... que no hago las cosas que me permitirían tener un currículum más atractivo. Sé que no hago pósters, ni expongo en conferencias, ni busco colaboraciones con otros laboratorios. Sé que me recomendaste enviar el *paper* de PLoS ONE a una revista con un periodo de revisión más lento, y también que me dijiste que no me preocupara tanto por los problemas que surgieron tras las replicaciones. Pero es que no estoy aquí porque quiera hacer carrera. Es solo que me gusta el cáncer.

—Ah.

—Sé que suena raro. Pero me siento a gusto aquí. Investigándolo. Dándole vueltas.

—Entiendo —dice Stephen, y vuelve a suspirar. Beth sabe que no entiende nada, y que lo que sucede es que la conversación ya ha durado más de cinco minutos y él empieza a sentir la urgencia de ponerse a trabajar en algo—. En fin, por mí puedes seguir viniendo y haciendo experimentos, pero sabes que tenemos el problema económico. Ahora que ha terminado tu beca el único dinero que nos entra es el del proyecto que llevo con la doctora Winters y el de la beca para el doctorado de Jason. No me importa que sigas usando el dinero del laboratorio durante un par de semanas para comprar reactivos, pero a cambio tienes que echar una mano con alguna de esas vías de financiación. ¿Tienes algo que hacer esta tarde?

—Bueno, acabo de preparar una reacción...

—Creo que tendrá que esperar. Jason necesita hacer una PCR y le vendría bien que le echaras una mano. Y también te voy a pedir que diseñes los gráficos y formatees las imágenes de fluorescencia del *paper* con la doctora Winters, para que todos los marcajes de las células estén en la misma escala.

—Vale, ¿me lo enví...?

—Ya está en tu bandeja de entrada. Es el correo que estaba escribiendo cuando has entrado.

Jason ha puesto la radio, y en el laboratorio se oye el último éxito de alguien. Beth vuelve a su poyata, abre la libreta del laboratorio y modifica su plan para los próximos días para incluir los proyectos que le acaba de indicar Stephen. No sabe si está contenta o cabreada o algo que aúna y supera esos dos estados de ánimo. El caso es que, cuando su mirada cae sobre el miércoles de la semana siguiente, se acuerda de la nueva edición del concurso de conocimientos. Y piensa que le gustaría volver, que le haría ilusión ver de nuevo al mexicano, y a la inglesa, y al otro chico cuya nacionalidad ahora no recuerda.

* * *

—... por último, me gustaría destacar que mi análisis de estas tres cartas de brigadistas de las Hébridas Exteriores se enmarca en la renovadora línea interpretativa que ha venido desarrollando ese digno heredero de la Escuela de los Annales que nos honra hoy con su presencia, el profesor Percy Compton-Wentworth. Sus valiosos trabajos suponen un ejemplo del tipo de investigaciones que durante tanto tiempo ha impedido el franquismo sociológico, y no cabe duda de que están permitiendo a los españoles enfrentarse, por fin, a los profundos traumas de su pasado. Mi tesis no aspira a ser más que una humilde aportación a tan novedoso y emancipador paradigma. Nada más; muchas gracias a todos por vuestra atención.

Los asistentes rompen a aplaudir. Silvia agacha la cabeza y ordena sus folios con una sonrisa modesta pero impregnada de carácter. En el asiento de al lado, Alejandro cruje de frustración.

Se encuentran en el simposio anual de posgrado del *college*. Es un evento en el que los alumnos de máster y doctorado tienen la oportunidad de exponer en público los hallazgos preliminares de sus investigaciones. Por lo general, no suelen asistir más que los directores de tesis y las parejas de los propios ponentes, acompañados a veces por algún compañero de piso que expía su culpa por haberse retrasado en el pago del alquiler. Pero esta mañana no queda una sola silla libre en la espaciosa Latimer Room. Alejandro reconoce entre los asistentes a la práctica totalidad del departamento de Hispánicas, además de profesores y doctorandos de los departamentos de Ciencias Políticas y de Estudios Italianos. También han venido varios españoles que se encuentran en Cambridge haciendo estancias de investigación, como es el caso de sus amigos Ismael, Juan y Hugo; los tres se han sentado juntos en la última fila.

Alejandro supone que la inusitada afluencia se debe al título del panel: «Poder y Memoria: la Guerra Civil española y sus aledaños». Unos aledaños bastante amplios, ya que las ponencias corren a cargo de una doctoranda que estudia la cultura lésbica de las capitales europeas durante el *fin-de-siècle*, de otra chica que investiga el parlamentarismo portugués en la segunda mitad del siglo XIX, y de Alejandro, que va a hablar de sus españoles que escribían sobre Inglaterra. La única que investiga cuestiones relacionadas con la Guerra Civil es Silvia, una chica que nació y creció en Kent pero que tiene una abuela española y pasó algunos veranos de su infancia en la Costa Blanca.

Percy, que además de ser el director de tesis de Alejandro y de Silvia fue quien puso nombre al panel y está ejerciendo de moderador del mismo, se levanta de su asiento en primera fila.

Alejandro espera que explique a los asistentes que, como Silvia se ha excedido en el tiempo que se le había asignado (tenía veinte minutos y ha estado casi treinta), se van a saltar su turno de preguntas e irán directamente a la ponencia de Alejandro. Esta es, al fin y al cabo, la última antes del descanso para comer, cuyos tiempos están tasados escrupulosamente por los encargados del catering.

—Gracias a ti, Silvia, por tu espléndida charla. Nos ha dado mucho en lo que pensar, y seguro que los asistentes quieren preguntarte acerca de lo que nos has expuesto. —Percy se vuelve hacia el público—. ¿Alguna pregunta para Silvia?

Varias manos se recortan contra la caoba de la pared del fondo.

—Sí, usted.

Silvia empieza a contestar preguntas de los asistentes, y Alejandro se siente cerca del aneurisma cada vez que Percy dice: «Sí, usted». En alguna de sus respuestas, Silvia señala que en realidad quien verdaderamente sabría explicar aquella cuestión es Percy, y este no tiene ningún problema en completar durante un par de minutos la respuesta de su doctoranda. Alejandro intenta carraspear, removerse en el asiento, golpear el borde de su taquito de papeles contra la mesa, pero sin resultado. Finalmente, cuando Percy se ha asegurado de que ya no queda ninguna duda, dice:

—Bien, la última de las ponencias de hoy correrá a cargo de Alejandro Romero, quien está terminando una tesis sobre las relaciones entre España y Gran Bretaña durante la Guerra Civil. Me temo que vamos un poco mal de tiempo, pero estoy seguro de que Alejandro conseguirá presentarnos de forma sintética sus principales conclusiones.

La silla de primera fila vuelve a crujir bajo el peso de Percy. Se produce un silencio expectante, y Alejandro se da cuenta de que todos los ojos se han posado sobre él. En la sala solo se oye el zumbido de un moscardón que da cabezazos contra la ventana del fondo.

Alejandro empieza a hablar a toda velocidad, suprimiendo párrafos enteros a medida que avanza e ignorando los comentarios a lápiz que se había dejado para sí mismo, indicando que debía «decir + sobre esto». Al cabo de un par de minutos oye un tintineo de cristales proveniente del fondo de la habitación; alza la vista y ve que los del catering traen el almuerzo en un gran carro. Intenta elevar la voz por encima de la fanfarria de vasos, platos y cubiertos que los camareros van depositando sobre la gran mesa del fondo. Luego intenta ignorar también a Percy, que le va indicando cuánto tiempo le queda («cinco minutos, te quedan cinco minutos», murmura cuando Alejandro está en medio de una frase; «cuatro, ahora te quedan cuatro»; «Alejandro, te quedan tres minutos, tres»). Las pocas veces que levanta la vista de los folios para mirar a los asistentes los encuentra vueltos sobre el respaldo de sus sillas, oteando los platos del almuerzo. Al final, cuando ya no puede seguir ignorando los gestos cortantes de Percy, se salta tres folios enteros para llegar a la conclusión que estuvo puliendo la noche anterior.

—... y por último, creo que esto abre un campo de estudio acerca de cómo los estereotipos que se tienen de otros países contribuyen no solo a la formación de identidades nacionales, sino también a las identidades de distintos grup...

—Alejandro, me temo que debemos dejarlo aquí —dice Percy, poniéndose en pie y sonriendo con bonhomía—. Ya sabes que en Reino Unido somos muy estrictos con el tema de los tiempos. En fin, queridos amigos —sigue diciendo, volviéndose ahora hacia los asistentes—, no hay tiempo para más, pero seguro que tenemos mucho que comentar durante el almuerzo. Un aplauso para nuestros ponentes de la mañana, y volveremos dentro de una hora con los paneles de la tarde.

Las sillas se corren hacia atrás, los asistentes se ponen en pie y se produce un desplazamiento generalizado hacia el fondo de la sala. Algunas personas se acercan a hablar con Silvia, y las otras dos chicas del panel se felicitan mutuamente por sus ponencias. Alejandro remolonea un poco, ordenando sus papeles y poniendo la capucha al bolígrafo. Cuando se resigna a que nadie va a acercarse a preguntarle nada, se levanta y comienza a dirigirse a la zona de los canapés.

—Espera, Alejandro —dice Percy, acercándosele y tomándolo del brazo. A pesar de todo, Alejandro lo mira con ojos expectantes.

* * *

—Mira quién llega.

—Joder, Jane, te has perdido todas las reuniones de la mañana.

—Ya, lo siento. Seguía con los líos de la entrega —explica Jane, terminando de bajar los escalones del auditorio. Pasa al lado de un par de estudiantes de primero que escriben trabajos de clase en sus portátiles. Danny y Miriam están inclinados sobre una gran sábana en la que se lee *Fuck Cameron. Fuck Clegg. Fuck Capitalism.* Colorean cada una de las letras con rotuladores negros, menos las tres C, que van en rojo.

Enseguida la ponen al día de los preparativos para la manifestación.

—El sindicato de estudiantes se encarga de todo lo logístico

—explica Danny. Sus barbas dejan entrever cierta agitación—. Parece que están con ganas de redimirse desde que los gilipollas de Magdalen College les obligaron a aprobar una moción de repulsa a lo que hicimos con Willetts. Ya tienen contratados los autobuses, que nos recogerán a las siete delante de Queens' y nos dejarán en Bloomsbury, delante del sindicato estudiantil nacional. Allí se reunirán todas las delegaciones universitarias que vienen a la mani. Luego bajaremos hacia el río y nos uniremos a los sindicatos de trabajadores en Embankment. Y desde allí marcharemos hasta Hyde Park, que es donde se leerán los discursos.

—Por lo visto no tenemos que desvivirnos haciendo pancartas —sigue Miriam, que se levanta y se seca el sudor de la frente con el dorso de la mano—. Los del sindicato nacional ya tienen centenares hechas y esperándonos en Londres.

—¿Tú tienes algún casco? —le pregunta Danny.

—Pues no —responde Jane mientras termina de colorear la esquina de una «K»—. Bueno, el de la bici.

—Pues mira a ver si conoces a alguien que tenga uno de moto. Los del sindicato nacional han recomendado que vayamos con cascos por si caen palos. A mí nunca se me había ocurrido, pero es buena idea. Y qué más..., ah, sí, dijeron que cuanta más gente traiga aparatos para sacar fotos y grabar vídeos, mejor, que grabarlo todo es nuestra mejor arma contra los polis infiltrados. Y que si vas a grabar que lo hagas con una cámara de vídeo, que si intentas grabar con el móvil gastas la batería y la memoria en los primeros veinte minutos y luego te pierdes todo lo serio.

—Cuánta negatividad —tercia Miriam—; también dicen que la gente debería llevar cosas alegres: ropa de colores, tizas, silbatos..., que no vamos a que nos den palos ni a montar una guerrilla urbana, sino a hacer algo precioso, que es dar voz al pueblo.

La bandera ya está terminada. Los cuatro se levantan. El tercer «Fuck» está mal alineado con los dos primeros, pero por lo demás les ha quedado bastante bien.

—¿Nos ponemos con otra? —pregunta Danny.

—Vosotros id a fumar un cigarro y a estirar un poco las piernas —responde Jane—; yo voy haciendo una nueva.

Le dan las gracias. Miriam empieza a subir las escaleras mientras Danny se acerca a Jane —sus barbas le hacen cosquillas en la mejilla— y susurra:

—No te olvides de preguntar por lo del casco.

* * *

«Estimado Germán:

Igualmente, mucho gusto. Jacques dijo buenas cosas de ti en la cena del otro día. Platicaré contigo encantado, pero en la conferencia del domingo probablemente tendré que tratar un asunto de trabajo con algunos de los asistentes. Si no te importa bajar a Londres un día antes, ¿quieres que comamos en el Oxford & Cambridge Club mañana sábado, a las 13.30?

Saludos,

Daniel.»

Germán teclea una respuesta afirmativa y agradecida. Luego se da cuenta de que son las seis, y que en media hora Elena lo estará esperando para hablar por Skype. Recoge sus cosas, se despide de los estudiantes que aún quedan en la Sala Gates y emprende el camino de vuelta a la residencia. El anochecer es bonito, de esos en los que la ciudad se tiñe de azul y Germán se siente como un pez que nadase entre castillos de juguete.

Cuando llega a su dormitorio comprueba que aún le quedan unos minutos de espera hasta que Elena se conecte. Decide matar el tiempo poniéndose al día con las noticias del Universal, pero casi sin quererlo sus clics lo van deslizando hacia el Facebook, y luego hacia el mensaje de la canadiense —aún sin contestar—, y luego hacia el perfil de aquella chica. Su post más reciente es el vídeo de una ponencia que ella misma dio en un congreso sobre desarrollo democrático en África. Germán recuerda ahora que en la cena le explicó —en voz baja, cadenciosa— que investiga los sistemas de evaluación de proyectos de ayuda al desarrollo. Pincha en el enlace del vídeo, y Emily aparece de pronto ante él embutida en un vestido negro; el escote está marcado por una delgada franja blanca. Habla con tranquilidad, y de vez en cuando vuelve la vista hacia unas diapositivas que se proyectan fuera de cámara:

—...tro caso en el que podemos apreciar un fracaso notable es el proyecto FADW-302, que en su momento recibió el mayor monto de financiación para un proyecto de ayuda al desarrollo de la historia. En líneas generales, el FADW-302 buscaba aumentar el nivel de participación democrática en zonas rurales de Chad y Sudán. A lo largo de tres años desarrolló un modelo de ayudas económicas a cambio de toda una serie de acciones locales, como la creación de espacios físicos para la deliberación democrática o la entrada de mujeres en los organismos de toma de decisiones colectivas. Sin embargo, nuestro trabajo de seguimiento demuestra que el FADW-302 obtuvo un impacto por valor de 0, es decir, un impacto insignificante; y en algunos de los elementos de nuestra medición el impacto fue de -1 e incluso de -2. El retroceso fue particularmente significativo en cuanto a la participación de las mujeres: si bien los varones de muchas comunidades aceptaron en un primer momento la ayuda económica que iba unida a la participación femenina, pronto sintieron un rechazo ante esta que desembocó tanto en humillaciones simbólicas como en casos de violencia físi...

Germán se distrae de los datos y los razonamientos, cada vez más hipnotizado por el movimiento de sus mechones rubios: ese corrimiento casi líquido sobre el hombro cuando ella inclina la cabeza hacia sus notas, o ese pequeño salto cuando ella levanta la cabeza para mirar las diapositivas. A los pocos minutos Germán está deseando una imagen más nítida que la que ofrece el vídeo, y regresa al perfil de Facebook de la chica. Empieza a pinchar en una foto, y luego en otra, y luego en varias más. Emily riendo ante el Big Ben, Emily bebiendo de un botellín verde en una discoteca, Emily lanzando un beso a la cámara desde la mesa de un pub. Cada clic entrega nuevas armas al arsenal de la fantasía, y pronto Germán puede imaginarla —no, verla— invitándolo a subir a su habitación, desnudando un cuerpo fogoso y todoterreno, poniéndose de rodillas y bajándole los pantalones mientras él le acaricia las...

«Elena ❤. Llamada entrante.»

Germán maldice mientras se sube la cremallera y se abrocha el cinturón. Luego, tras asegurar que la *webcam* no enfoca nada por debajo de su cuello, pulsa el botón verde.

—Hola, mi amor.

—Holaaa.

Por suerte Elena quiere contarle alguna historia de sus primos, o de sus amigas, y él puede pasarse los primeros minutos asintiendo e insertando «oh» o «ajá» en los momentos adecuados. Pero, aunque la situación es embarazosa, él no se siente culpable. Sabe que nadie le podría reprochar nada, o al menos nada tangible. Él ha sido tan serio y fiable en su relación con Elena como en todo lo demás. Si la vida es un continuo examen en el que cada situación presenta una serie de opciones, él se enorgullece de acertar siempre con la correcta. Además, en cinco días Elena estará junto a él y eso le ayudará a quitarse mucha tontería. Germán piensa llevarla a todos los rincones que conoce en Cambridge, para que su recuerdo ya no se pueda separar de ninguno de ellos.

—¿Bueno? ¿Germán? ¿Se cort...?

—No, no, perdón, mi amor.

—Te preguntaba si tienes planeado que hagamos algo el miércoles. Llego a Heathrow por la mañana, y creo que con una siesta tendré para quitarme el *jetlag*. La noche la tendríamos libre.

—Pues, mi amor, si quieres podemos ir a que veas una cosa muy peculiar que hacen los ingleses. Se llama *pub quiz*, es un concurso de conocimientos que se organiza en algunos pubs. Yo participé en uno hace unos días y estuvo bien interesante...

* * *

—Oye, deberías haberle dicho a la chavala inglesa que viniera hoy a oírte hablar.

—¿A quién? ¿A la camarera?

—No, hombre. A la tía esa que decías que no parabas de cruzarte en la cafetería de la biblioteca. Esa a la que invitaste a tomar algo hace unos días, y que tuvisteis nosequé jaleo en el pub que os reventó la cita.

Los chicos acercan sus labios a la espuma de sus Guinness. Aún no ha anochecido del todo, y en el pub solo hay un par de hombres mayores que juegan al dominó. Tras la barra, una camarera joven con el pelo negro recogido en una bandana teclea mensajes en el móvil.

—No se me había ocurrido, la verdad —responde Alejandro—. Pero para el desastre que ha terminado siendo, casi me alegro de que no estuviera.

—Pues a mí tu charla me ha gustado —dice Ismael.

—Pero si estuviste la mitad del tiempo mirando hacia atrás a ver qué bocatas traían los del catering —le dice Juan.

—Pues anda que tú, que te levantaste y fuiste a preguntarles si había alguno sin gluten.

Ismael, Juan y Hugo son miembros de ese proletariado intelectual español que recala, semestre tras semestre, en las orillas del río Cam. Chicos y chicas en la treintena que han sido enviados al extranjero por sus universidades, dentro de esa estructura de estancias internacionales con la cual el sistema educativo español reafirma su fe en el poder de la ósmosis. O a veces se trata de gente que ha conseguido un puesto fugaz en Cambridge como parte de la penumbra de la vida posdoctoral. Todos son investigadores activos y dinámicos, que publican artículos y libros, que organizan conferencias, que tienen blogs y proyectos de divulgación online. Lumbreras, en fin, que habitan una itinerancia constante, paseando su cerebro por distintos países y distintos idiomas, trabando amistades que solo durarán unos cuantos meses y explicando por medio mundo las miserias de la universidad española.

Alejandro conoció a estos tres por pura casualidad; había acudido al Panton Arms a ver un Madrid-Barça, y la mesa de ellos fue la única que saltó junto a él cuando el Madrid metió el primer gol. Desde entonces, y aunque los tres son algunos años mayores que él, se ha acostumbrado a tirar de ellos cuando necesita algunas pintas de emergencia. Hoy, durante el descanso de la comida, les propuso saltarse la segunda mesa del simposio para ir a un pub. Cuando remolonearon —era un poco pronto para empezar a beber, y además Ismael llevaba tiempo trabajándose a una de las ponentes de la tarde— Alejandro se ofreció a pagar la primera ronda de Guinness. Así recalaron primero en el Free Press, luego pasaron al Elm Tree, y la tercera pinta la están tomando ahora en el Radegund's.

—¿Al menos te dijo algo tu director de tesis sobre lo que presentaste?

—Sí, me dijo que debería hablar con Silvia, que me vendría muy bien para mis capítulos sobre la Guerra Civil.

—¿Y qué tiene eso de malo?

—Pues que llevo años diciéndole que no quiero escribir acerca de la Guerra Civil.

—¿Pero por qué?

—Joder, quizá porque cada año se entregan unas doscientas tesis que tratan sobre la Guerra Civil. Y porque hay tanta bibliografía que resulta prácticamente imposible para alguien de mi edad decir algo sobre el tema más allá de una glosa de las ideas del director de tesis. Y porque uno pensaría que un director sabría apreciar que al menos alguien haga el esfuerzo de buscar un tema distinto y original. Vamos, yo pensaba que lo que hacemos tiene algo que ver con la innovación.

—Mira, Alejandro —dice Juan, incorporándose y apoyando los antebrazos sobre la mesa—. Te cuento algo que a lo mejor te aporta un poco de perspectiva. Yo estudié Antropología en la carrera, con un trabajo final sobre la cultura de socialización masculina en unas aldeas del Bierzo. Luego hice un máster en Filosofía Contemporánea por la UNED, con una tesina sobre Chantal Maillard cuya publicación en una editorial-librería de Astorga mis padres sufragaron con mil euros que creo que ya dan por perdidos. Después conseguí una beca para el doctorado metiéndome en un proyecto de investigación que comparaba la evolución urbana de León y Valladolid durante los siglos XVIII y XIX. Y durante dos veranos saqué, además, algo de pasta echando horas en un proyecto de exhumación de fosas de fusilados durante el 36, en Pontevedra.

»Después de todo aquello conseguí un primer posdoc en Heidelberg, trabajando con un investigador alemán que hacía una historia comparada del catolicismo español y el bávaro en la primera mitad del siglo XIX. Mientras colaboraba en eso un par de colegas de la carrera consiguieron dinero de la Diputación para un documental acerca de la vida de las mujeres de la zona de Ponferrada durante el franquismo, y estuve seis meses echándoles una mano con aquello. Luego conseguí un segundo posdoc en Aix-en-Provence, en un proyecto de antropología cultural de barrios-protesta, y en el que yo llevaba la parte sobre España. A raíz de eso conseguimos financiación para un libro-reportaje sobre Gamonal, que entre pitos y flautas me llevó un año preparar. Mientras, me dijeron que buscaban un antropólogo para un proyecto sobre el patrimonio arquitectónico español en Cuba, porque por lo visto el nuevo gobierno estaba interesado en financiar cosas de ese estilo. Así que me metí en aquello y nos dieron la financiación, pero a los seis meses me apartaron del proyecto; no porque no tuviera ni puta idea de Cuba, que tampoco la tenían los demás que estaban metidos ahí, sino porque la hija del investigador principal se había quedado sin curro y él quería enchufarla en algún sitio, y claro, si entraba uno tenía que salir otro. Por suerte, en aquel momento la Anglo-Spanish Society anunció un puesto de tres meses para alguien que viniera a Cambridge a digitalizar el archivo del hispanista J. B. Trend; eché la solicitud y la cosa salió.

Juan hace una pausa para dar un sorbo a su cerveza; sobre su bigote queda un rastro de espuma, que barre con el índice y el pulgar. Después sigue:

—A lo que voy: si he logrado aguantar en el mundo académico hasta los treinta y ocho palos, mientras todos mis compañeros de promoción se iban descolgando y engordaban las estadísticas del paro juvenil, no ha sido porque haya intentado ser un investigador brillante que crea nuevos paradigmas. Más bien ha sido porque he sabido convertirme en lo que el sistema le pide a uno que sea: un chapero académico. Y tú harás lo mismo una vez se termine tu primera beca y te des cuenta de que lo importante en esta vida no es transformar tu disciplina, sino poder pagar un alquiler e irse de vez en cuando con los colegas a tomar unas Guinness.

—Vale —responde Alejandro—. Muy impresionante el discurso. Pero nada de eso justifica tener que aguantar a la mediocre de Silvia lamiéndole el culo a nuestro director de tesis.

—Yo es que no sé en qué gremio crees que estás —tercia ahora Hugo, con una sonrisa bienhumorada—. Porque al menos en el académico te encontrarás a gente así por decenas. Y a todos los niveles. Hay muchísimos más de ellos que de gente como tú. Puedes pensar que son unos imbéciles, pero al menos llevan vidas más agradables que los amargados.

* * *

Beth se quita los guantes de laboratorio y se cubre la cara con las manos. Se palpa los párpados, la frente, las mejillas. Su mente es un bosque de sombras que se desvanecen en cuanto las intenta perseguir.

Hace tiempo que está sola en el laboratorio, terminando de formatear los gráficos que le pasó su director. Primero se marchó Jason y luego lo hizo Stephen, quien le indicó que el trabajo de formateado no era urgente, que podía dejar lo que le quedara para mañana.

Aun así, ella se ha quedado. Se dice a sí misma que es porque, una vez termine con los gráficos, puede dedicar unas horas tranquilas a planificar los experimentos de su *paper* sobre el BM1. Pero es perfectamente consciente de que eso podría hacerlo en casa, con una buena cena y unos capítulos de *Friends* de fondo en la tele. Lo que sucede es que, en cuanto llegara a casa, tendría que plantearse de nuevo si llamar a su familia para contarles finalmente que ya ha entregado la tesis. Y tendría que enfrentarse a sus preguntas, y a lo que le obligarían a preguntarse a sí misma.

En el laboratorio se escucha el runrunrun runrunrun de la PCR que ha ayudado a Jason a poner, acompañado del whhhhhh de los tres congeladores. Son murmullos hostiles y opresivos, y Beth juraría que van en aumento.

Al final, y sin mediar pensamiento consciente alguno, Beth recoge su tarjeta de identificación de la mesa y sale por la puerta doble. El pasillo está tan vacío como el interior del laboratorio. Suelos de goma, paredes blancas. Comienza a andar, alcanza un recodo, abre la puerta y avanza por el siguiente tramo de pasillo; y luego otro recodo, y otra puerta, y así. A veces encuentra escaleras, y baja o sube al siguiente piso, y sigue andando. Las luces de neón luchan por encenderse a su paso, y cuando el pasillo por fin queda bañado de luz ella ya está abriendo la puerta del fondo. Empieza a sentirse como un fantasma.

De pronto, tras doblar una esquina, choca contra un cuerpo bajo y veloz.

—¡Oh! ¡Perdona! —exclama una voz chillona. Beth la reconoce: es una chica taiwanesa que trabaja en el laboratorio del quinto piso. Han hablado en un par de seminarios, aunque siempre de manera fugaz. Es menudita y su bata blanca parece fundirse con las paredes, como si toda ella no fuera más que una cabeza que flotase por los pasillos. La boquita entreabierta descubre un par de dientes grandes y salidos.

—No, discúlpame tú a mí, no miraba por d...

—¡Oh! ¡Sí! ¡Culpa de las dos!

—¿Tú también estás aquí hasta tarde?

—¡Oh! ¡Sí! ¡Siempre hasta tarde!

—Bueno, espero que...

—¡Mucho trabajo! ¡Siempre hasta tarde! —responde la chica, y su gran cabeza se aleja envuelta en una risa hiposa—: ¡A-a-a-a!

* * *

—Al final, todo tiene que ver con el control —susurra el Periodista-Activista. La luz azul de los focos llena los surcos de su rostro. Los largos dedos sostienen unas cuartillas—. Una pequeña élite controla el futuro del pueblo británico, y mañana marcharemos sobre Londres para exigirles que nos lo devuelvan. Y me siento enormemente honrado de que me hayáis pedido que venga a hablaros en esta última noche de vuestra okupación, porque creo que vuestra valiente iniciativa contra el ministro Willetts fue un gran paso en este proceso de recuperar el control.

»Voy a exponer algunas cosas que vosotros ya sabéis, pero que a veces conviene recordar. Y como estamos en una universidad, comenzaré hablando de la educación. La educación sigue siendo el terreno en el que la clase dominante basa su control social. Solo siete de cada cien británicos se educan en colegios privados, pero aun así la gente que ha recibido este tipo de educación supone el setenta por ciento de los directivos financieros, cerca del setenta por ciento de los abogados prominentes, más de la mitad de los periodistas mejor situados y casi la mitad de los altos funcionarios del Estado. En el otro lado de la balanza, solo el quince por ciento de los chicos blancos pobres, y el veinte por ciento de las chicas blancas pobres, salen de los colegios públicos con destrezas básicas en lectura, escritura y aritmética. Esto los sitúa muy por detrás de los chicos de clase media. Un estudio de 2005 mostraba que un niño de cinco años cuyos padres ganan más de sesenta y siete mil quinientas libras tiene destrezas lectoras cuatro meses más avanzadas que las de chicos cuyos padres ganan entre quince mil y treinta mil libras.

»Una vez establecida, esta disparidad acompaña a los chicos a lo largo de toda la escuela. El veinticinco por ciento de todos los niños con derecho a comidas escolares gratuitas no aprueban cinco o más de los exámenes para el título de bachillerato elemental, comparados con cerca del ocho por ciento para todos los demás. Y la disparidad continúa en el tramo universitario. Según un informe de la Oficina para la Equidad de Acceso, los chicos inteligentes de la quinta parte más rica de Inglaterra tienen siete veces más probabilidades de ir a la universidad que los del cuarenta por ciento más pobre. Esto es una probabilidad más de seis veces mayor que a mediados de los años noventa. Según el Sutton Trust, cien colegios de élite, de un total de tres mil setecientos colegios en nuestro país, representan un tercio de las admisiones a Oxford y Cambridge. En términos generales, más de la mitad de los estudiantes de Oxford y Cambridge han ido a colegios de pago. Por el contrario, en el curso académico 2006-2007, solo cuarenta y cinco de los seis mil estudiantes que entraron en Oxford y Cambridge pertenecían a una familia con ingresos tan bajos como para recibir comidas escolares gratuitas.

»Veamos ahora lo que viene después de los estudios, es decir, el mundo del trabajo. Hoy en día, un hogar con ingresos medios cobra solo veintiuna mil libras. Ese es el punto medio exacto, lo que significa que la mitad de la población gana menos. Y estos ingresos se sostienen sobre una situación cada vez más precaria. Un estudio de 2010 reveló que casi nueve de cada diez empresas estaban manteniendo o incrementando su utilización de trabajadores eventuales. De los cincuenta mil nuevos empleos registrados en 2009, la mayoría era a tiempo parcial. E incluso en el trabajo a tiempo completo las perspectivas están empeorando. Un ejemplo: cuando la fábrica de coches de Rover en Longbridge quebró en 2005, se perdieron seis mil puestos de trabajo. Los ingresos medios anuales de los trabajadores que encontraron nuevos puestos eran de tan solo dieciocho mil setecientas veintiocho libras, una quinta parte menos que las veinticuatro mil libras que ganaban anteriormente en Rover. No sorprende si consideramos que el sesenta por ciento de ellos entraron en el sector servicios, donde, por poner un ejemplo, al menos la mitad de quienes trabajan en el comercio minorista ganan menos de siete libras a la hora.

»Los únicos que se benefician de todo esto son los grandes ejecutivos: en octubre de 2008 se desveló que el sueldo de los consejeros de las grandes compañías había subido nada menos que un cincuenta y cinco por ciento en un solo año, lo que dejaba al director ejecutivo medio del Financial Times Stock Exchange 100 con un sueldo doscientas veces superior al del trabajador medio. Y encima nadie grava su riqueza: la evasión fiscal cuesta al Estado unos setenta billones de libras al año. Philip Green, un billonario que ha sido designado por el gobierno del ministro Willetts como asesor en su revisión del gasto estatal, no paga impuesto alguno en Gran Bretaña, porque ha puesto a nombre de su mujer (empadronada en Mónaco) empresas clave como Topshop...

La vista de Jane se distrae. El auditorio está abarrotado de estudiantes, muchos de los cuales toman apuntes y asienten con los labios entreabiertos. El Periodista-Activista es el último acto de un día intenso. Hace un par de horas la asamblea del sindicato estudiantil aprobó, tras un largo debate, una resolución en apoyo de la okupación de Lady Mitchell Hall. Se restañaban así las heridas abiertas por la expulsión del ministro. En cuanto se anunció el resultado del recuento de votos, la gente de Cambridge Defend Education rompió a aplaudir y el resto de los asistentes los acompañaron. Por primera vez en algún tiempo, Jane se sintió levitar en la euforia general. Aunque quizá era porque, por fin, iba a terminar aquel trecho de tiempo de mentir a sus amigos.

Ahora, mientras el Periodista-Activista va cifrando los contornos del infierno neoliberal, Jane siente una especie de enfriamiento. No lo entiende: ha visto al Periodista-Activista decenas de veces a lo largo de los últimos años. Ha leído sus libros, ha seguido sus entrevistas y sus participaciones en programas de debate. Durante mucho tiempo ha sido una de sus voces de referencia. Pero esa noche hay algo que no funciona, una suerte de estática en su cabeza.

Jane se lía un cigarro y luego, mientras espera a que la charla termine para salir a fumar, continúa observando a los asistentes. Las filas de rostros están iluminadas por la luz del escenario, como si estuvieran en el cine. De pronto reconoce la nariz respingona y el flequillo hippie de Amy Devon-Knowles, una chica de Surrey que está en segundo de Filología Inglesa.

Amy forma parte del grupo de estudiantes a las que Jane, como parte de su programa de doctorado, imparte tutorías bisemanales sobre literatura vanguardista. Las reuniones sirven para analizar lo que han aprendido en las clases magistrales y para comentar los trabajos que las estudiantes le tienen que entregar como preparación para el examen. Amy, sin embargo, suele fallar en las entregas. Y las veces que envía algo, el correo delata horarios nada recomendables («mensaje enviado a las 05.38»). Sus trabajos están salpicados de errores de formato, sintagmas repetidos, frases que se han quedado a medio borrar. Además, tiene la costumbre de llegar estrepitosamente tarde a las tutorías, murmurando excusas inverosímiles con una sonrisa ausente. Muestra entusiasmo durante las discusiones, pero nunca toma apuntes y tiende a avasallar las preocupaciones formalistas de sus compañeras con grandes declaraciones acerca de la liberación, la subversión, la revolución. Jane intuye que, en cuanto concluye la tutoría, Amy tarda exactamente tres segundos en olvidarse de todo lo hablado en ella.

Ahora observa su torso inclinado, su cabeza recostada en los brazos, sus ojos fijos como piedras mientras atienden la charla del Periodista-Activista. Y Jane siente un extraño impulso de avisarla, aunque no sabe muy bien de qué.

* * *

—Vale, chaval, ya te he avisado dos veces. A casa.

—Oye. ¿Qué? No. No. No. A ver. El vaso se ha caído solo.

—Seguro que sí, pero en cualquier caso es hora de que te vayas.

—Vamos, Alejandro, tiene razón, es tarde —dice Juan en español, levantándose de la mesa y poniéndole la mano sobre el hombro.

—Pero si solo son las once. Putos horarios ingleses. Bueno, vale, nos vamos, pero que conste que Jane Austen está sobrevalorada. Y Keira Knightley tiene la boca rara.

Salen entre miradas del resto de los clientes del pub. Alejandro sabe que, a sus espaldas, Ismael, Juan y Hugo están haciendo señales al camarero pidiéndole perdón.

Hace frío en la calle. Por Park Street descienden grupos de estudiantes que han salido de las cenas de los *colleges* y van camino del próximo pub. Se oyen tacones sobre el empedrado medieval, las chicas se cogen del brazo de los chicos para mantener el equilibrio. Las volutas de humo de los cigarros se quedan colgadas en el aire helado.

—Vosotros lo habéis visto —dice Alejandro, volviéndose—. El vaso se ha caído solo.

—Que sí, hombre, que sí.

—Bueno, ¿adónde vamos ahora? ¿Fez? ¿Ta Bouche? ¿Kambar?

—Yo creo que me voy a casa —responde Ismael. Alejandro se da cuenta de que en su mano ha aparecido un casco de bicicleta—. Que mañana tengo que trabajar en un artículo.

—Yo también me voy —sigue Juan—, que mañana tengo que seguir con el papeleo de la Marie Curie.

—Y yo también —concluye Hugo—, que mañana tengo que consultar un manuscrito en la West Room.

—Noooo. Joder, no me digáis eso. De verdad que no voy tan mamado. Había algo raro en la mesa, el vaso se ha deslizado de pronto, ha sido como un fiummm, yo no...

—Yogurín, hemos empezado a las dos de la tarde. Hemos dejado que nos arrastres por ocho pubs distintos. Hemos cumplido. Vete a casa a dormirla; ya nos veremos cuando acabes los capítulos sobre la Guerra Civil.

Se alejan riéndose, cruzando el césped sombrío de Jesus Green. Les esperan casas sumidas en el silencio, camas individuales con las sábanas revueltas.

Alejandro inicia un andar precario por Sidney Street mientras, a su alrededor, se gesta el inmenso estropicio de una noche de viernes. A medida que desciende por la acera va bordeando pequeños batallones de estudiantes que fuman y ríen a las puertas de los bares. Los taxis negros van depositando en la calle principal a grupos de jóvenes de los pueblos cercanos (Stevenage, Hitchin, Letchworth, Royston). Los conos de luz eléctrica revelan polos apretados, tacones de aguja, minifaldas. El frío azulea los muslos de las chicas. Por la otra acera sube dando gritos una despedida de soltera, pasándose una gran verga hinchable como si fuera una pelota de voleibol. En los callejones se empiezan a atisbar las primeras botellas rotas, los primeros charcos de vómito. Frente a las discotecas de St. Andrew's Street ya están apostados los policías que en algún momento de la noche deberán parar una pelea entre borrachos. Y cuando Alejandro llega a la iglesia de la Santa Trinidad ve a un vagabundo que toca la guitarra y canta:

Blackbird fly
Blackbird fly
*Into the light of the dark black night.**

Alejandro saca el móvil con la intención de llamar a Jane, pero se da cuenta de que en algún momento de la tarde se ha

* «Vuela, mirlo, / vuela, mirlo, / hacia la luz de la oscura, la negra noche.»

quedado sin batería. Se cabrea consigo mismo por no haber frenado a tiempo las pintas con los colegas; podría haber regresado a su casa a por el cargador y haber escrito a aquella chica para verse este fin de semana. En la nebulosa de su borrachera, la intuición de que se puede estar cerrando la ventana de oportunidad para que todo aquello derive en algo real le hace hervir de frustración. Se plantea entrar en alguna discoteca a seguir ahogando los restos de su dignidad, pero luego decide dirigir la espiral autodestructiva por otros derroteros. Pone rumbo a Market Street, donde hay un puesto de comida nocturna que sabe dar a los kebabs, las hamburguesas y las quesadillas ese puntito extra de mugre que uno necesita cuando va por la octava Guinness.

Está un par de minutos en la cola antes de que alguien le dé unos golpecitos en la espalda.

—¡Alejandro! ¿Qué tal, cariño?

—Hombre, Silvia.

—¡O sea que tú también aquí! ¡Al final todos somos tan listos y luego acabamos comiendo lo peor de lo peor! ¿De dónde vienes, dónde has estado esta tarde?

—Con unos amigos. ¿Y t... —de pronto se da cuenta de que Silvia está acompañada por una alta sombra— vosotros?

—Pues venimos de una cena fantástica con Percy y otros ponentes del simposio. Qué lástima que no te quedaras, Percy estuvo brillante hablando de la memoria y de la falsa Transición. Lo que pasa es que solo pedí una ensalada y ahora estoy con un poco de hambrecilla, así que me voy a comprar algo de este sitio. Mira, te presento a Gëorg, mi novio —dice, señalando al tipo que se yergue a su lado.

Un placer —dice Alejandro. Puede notar que algo se está rompiendo—. Oye, ¿y qué pensáis pedir?

—Pues chico, la verdad es que no lo sé. Igual pido unas patatas o...

—Yo te recomendaría la quesadilla.

—¿Sí? ¿Por qué?

—Porque es lo que más te puede recordar al orto de Percy.

Silvia palidece. O quizá es un juego de las farolas.

—¿Perdón?

—Sí, a ver, es que yo vengo mucho a este sitio y conozco bien el menú. Y aunque nunca me he arrodillado detrás de Percy ni le he empezado a lamer el culo como has hecho tú hoy, con ese entusiasmo, con ese ahínco, que por otra parte sería de esperar en una digna heredera de la Escuela de los Annales, pues aun así me da la impresión de que la quesadilla es lo que más se acerca a la textura de vichyssoise reseco que se te debe de quedar en la boca mientras Percy gime y tú hincas bien la...

El bofetón hace que se vuelvan todas las cabezas: las de la gente de la cola para ver qué ha pasado, y la de Alejandro para ver el cielo de Cambridge. En un paréntesis de lucidez constata que está negro, sin una sola estrella. Luego, un empujón desde un ángulo muy alto le hace trastabillar. Cae y se golpea la cabeza contra algo duro, quizá el parachoques de alguno de los taxis que hay aparcados cerca. Oye risas, y una voz masculina que le insulta. Cuando abre los ojos, se da cuenta de que una veintena de personas le están observando. Los encargados del puesto de comida se han quedado con las espátulas detenidas en el aire.

Alejandro se pone en pie, da media vuelta y, sin decir una palabra, reanuda el camino a casa. El urbanismo medieval acude en auxilio de su vergüenza: tras doblar un par de esquinas ya no oye una sola voz. Las negras ventanas de las tiendas observan el empedrado de Bene't Street. El cartel de un pub oscila con cada golpe de viento. Y en el oscuro patio de una iglesia, las lápidas centenarias se siguen desmoronando.

Sábado

A las 6.30 suena una alarma de móvil, y unos montículos de colores se empiezan a remover. Danny saca las barbas de su saco de dormir, da unos toquecitos sobre las espaldas acolchadas de sus amigos, y murmura:

—Vamos, pequeños. La revolución nos llama.

En unos minutos el grupo recoge todo y sale del auditorio. Sorpresa: hace sol. Un sol limpio, generoso, bordado sobre una gran tela azul. La hierba brilla, los robles se alzan sobre las calzadas, las paredes de ladrillo se encienden de naranja y de marrón. Jane se sube al autobús sintiendo un optimismo somnoliento.

Una hora después, Germán sale de casa y quita el candado de su bicicleta. Se pone de buen humor mientras pedalea hacia la estación de tren y contempla el espléndido día. Lleva la maleta de ejecutivo colgando con un par de asas de la espalda, y el aire se cuela por el cuello abierto de su camisa. Mientras hace cola para comprar el billete de tren, llama al hotel y confirma su reserva para aquella noche. Luego, en el andén, saca el móvil y hace una foto a la vía, que se alarga resplandeciente hacia un campo de amapolas. Envía la foto a su novia por WhatsApp.

Y una hora después, Alejandro sale de casa y enfila Pembroke Street. Lleva en bandolera una bolsa de gimnasio, y va hablando por el móvil con una antigua amiga del colegio.

—Seguro que no te hago una faena, ¿no, Eli?

—Para nada, me apetecía hacer algo esta noche. Llamaré a un par de amigos a ver si quieren quedar a tomar algo con nosotros. Eso sí, hoy tengo que hacer cosas en la oficina y no podré quedar hasta la tarde. ¿Tienes para entretenerte hasta entonces?

—Sí, iré a leer un rato en la British Library. Y luego igual me paso por algún museo.

—Perfecto. Pues quedamos en la parada de Piccadilly Circus a las seis.

En la estación, Alejandro compra un bocata y cinco botellines de agua. Luego se sienta en un banco a esperar el próximo tren a King's Cross. El andén está de bote en bote: parejas cogidas de la mano, madres que gritan a sus hijos que no corran, grupos de adolescentes que se sientan en el suelo. El sol traza listones de luz sobre el cemento. A Alejandro le vienen de vez en cuando fogonazos de la noche anterior, e incluso cree sentir todavía algo de dolor del bofetón de Silvia. Ojalá pudiera poner más tierra de por medio que los ochenta kilómetros que separan Cambridge de Londres, pero algo es algo.

* * *

—No me lo creo. ¿Sigues aquí?

El moño pelirrojo se materializa en el umbral de la puerta. Beth está demasiado cansada para sobresaltarse.

—Buenos días, Jason.

—¿Has estado aquí toda la noche?

—Claro que no. Me volví a casa poco después de que te fueras, y esta mañana he venido a primera hora.

—No me mientas. Esa es la camiseta que llevabas ayer.

Beth se da cuenta, con cierta pesadez mental, de que lleva abierta la bata del laboratorio. Su vieja camiseta de Rutgers le devuelve la mirada, como encogiéndose de hombros.

—Si venías a correr tu PCR para ver el resultado —responde finalmente—, te la he puesto a cuatro grados, porque necesitaba poner una yo.

—Sí, a eso venía. Pero no lo entiendo, ¿por qué...?

—Mira, tengo muchas cosas que hacer, ¿vale? —dice Beth, que permanece inclinada sobre su portátil, con el cuaderno de laboratorio a su derecha—. Haz lo que tengas que hacer y déjame en paz.

En las orillas de su campo de visión, Jason sacude la cabeza y se dirige hacia su poyata. Lo cierto es que Beth casi agradece oír el sonido de la cremallera de su mochila, los cuadernos que se abren, su respiración espaciada.

—¿Te importa si pongo la radio? —pregunta Jason después de un rato.

—No.

Beth oye el clic del transistor blanco. El dial suele estar fijo en Radio 1 para escuchar los programas de música, pero justo ahora, al encenderlo, se encuentran con un boletín de noticias:

«...obierno ha confirmado que desde las doce de ayer ha elevado el nivel de alerta antiterrorista. En una rueda de prensa conjunta, los ministros de Defensa y de Interior explicaron que esto se debía a un aumento sustancial en las informaciones recabadas por el MI5 y la policía metropolitana acerca de células yihadistas que operan en territorio británi...».

—Menuda cortina de humo —dice Jason—. Esto es solo para meter miedo a la gente y que no vaya a la mani contra los recortes.

—Jason, ¿tú por qué decidiste investigar sobre el cáncer?

Otro sonido, este intuido: la mirada del chico que se alza de sus cuadernos, las dos líneas que se marcan en su frente. Por fin, tras unos segundos, le responde:

—No sé. Supongo que es un campo prestigioso. Hay mucha financiación para los proyectos. Hay muchas líneas en las que se están realizando avances interesantes. Y le dices a la gente que investigas sobre el cáncer y todos te miran como si fueras un benefactor de la humanidad. En ese sentido es un campo bastante agradecido. ¿Por qué lo preguntas?

—A mí me gusta porque siento que el cáncer une a la gente.

—Erm..., la última vez que miré, el cáncer mataba a la gente.

—Sí, lo sé, pero... hay tantas personas que lo padecen. Y hay tantas personas que, sin padecerlo, lo tienen o lo han tenido cerca, en familiares, en parejas, en sus círculos de conocidos. Hay tantos investigadores que lo estudian, y tantos médicos que lo tratan. Y en realidad todos lo tenemos en la cabeza, lo vemos en las cajetillas de tabaco, nos preocupa en cada revisión médica. Es como si el cáncer fuese esta fuerza negra que no podemos predecir y tampoco destruir, pero que a la vez va tejiendo un hilo entre todos nosotros y nos une de una forma muy oscura, pero también muy real. O como si fuera un gran puente que uniera cada una de nuestras islas individuales, aunque nunca lleguemos a darnos cuenta de ello. Y siento que puedo estar aquí sola preparando un experimento, o en casa sola preparando entrevistas de posdocs, o en algún parque sola bajo un árbol, y al menos ese puente estará ahí. Uniéndome a todo.

Por fin Beth levanta la vista y se encuentra con los ojos de Jason, que le miran desde el otro lado de la trinchera de botellas y frascos.

—Oye, de verdad que creo que deberías irte a casa. Duerme unas horas y luego, cuando te levantes, encuentra algo normal que hacer.

—¿Como qué?

—No sé. Vete a Fabric.

* * *

El sol acaba de desaparecer tras una gran nube, pero el edificio no necesita luz para transmitir una impresión de magnificencia. Es de fachada neoclásica, con cuatro columnas que sostienen el porche de la entrada. De este cuelgan, a su vez, dos banderas. Al acercarse, Germán se da cuenta de que una exhibe el escudo de Cambridge y la otra el de Oxford.

Tras sacar una foto con el móvil y enviársela a Elena, Germán se acerca a la puerta del Club. Junto a ella hay un hombre trajeado que teclea velozmente en su móvil. Tiene una cara redonda y bien afeitada, y el pelo corto y levantado con cera.

—Disculpe, ¿es Daniel?

—Sí, ¿Germán? —dice el otro, levantando la vista del teléfono: sonríe mientras sus ojos vivaces lo examinan—. Mucho gusto. Ahorita termino el mensaje y entramos.

El interior es amplio y silencioso. Madera oscura, sillas de cuero, molduras doradas en el techo. Pende en el aire un vago olor a loción para después del afeitado. Daniel enseña su carné de miembro a la encargada de la puerta, y luego apunta los datos de Germán en el libro de visitas.

—Ven —dice, dirigiéndole por una serie de salas abiertas. Germán le sigue como si fuera su ayudante, o su secretario—. ¿Nunca has estado en el Club?

—No, no sabía ni que existiera.

—Pues solo el poder pertenecer a él ya justificaría hacer un posgrado en Cambridge. Tiene un bar padrísimo, salas de reuniones, dos pistas de squash, mesas de billar, recámaras donde te puedes alojar si estás de paso por Londres, una biblioteca con más de veinte mil volúmenes... Luego te hago un pequeño tour. Pero comamos primero.

El comedor es de tamaño medio, con mesas redondas de caoba negra sobre las que brillan cubiertos de plata. Un camarero les sienta cerca de la chimenea de mármol y les entrega un par de menús. Las paredes son de un naranja levísimo.

—¿De beber, señores?

—Para mí agua mineral.

—¿El señor prefiere alguna marca en especial?

—Perrier está bien.

El camarero se desvanece sin hacer un solo ruido.

—Mira, si alguna vez vienes solo, puedes sentarte en esa mesa larga de ahí —dice Daniel—. Es para gente que viene sin acompañante, para que conozcan a otros miembros mientras almuerzan. A veces no son más que jubilados que quieren contarte sus días jugando al críquet en Eton, pero otras veces se conoce a gente bien interesante. Yo he llegado a hacer allí algunos contactos que ni te imaginarías.

—¿Cuánto cuesta hacerse miembro?

—Si eres menor de treinta y cinco años son unas mil libras anuales. Eso sí, tienes que encontrar a dos miembros actuales que apoyen tu candidatura. Pero con Jacques, tu director de tesina, ya tienes a uno; y conmigo ya tienes a otro. La chinga es la lista de espera. Yo entregué la aplicación hace ya tres años y aún no se han muerto suficientes viejos para que se abra una plaza de miembro de pleno derecho. Pero bueno, dicen que la temporada de gripe viene fuerte este año. Ah, si no sabes qué escoger de segundo te recomiendo el pato laqueado.

Dedican el primer plato a hablar de Cambridge, del departamento de Economía, de la estructura del máster. Daniel se muestra afable, con ganas de explicar y de aconsejar. Le habla del tipo de proyectos que lleva actualmente en Holden-Wilson, pero también le pregunta por su tesina, y asiente mientras Germán se lo cuenta.

—¿Y qué piensas hacer después de la maestría?

—Aún no lo sé —responde Germán, cortando el primer trozo de carne de pato—. Quizá algún organismo internacional, como la ONU o el Banco Mundial. El problema es que la mayoría de las plazas que he visto para ese tipo de sitios están en lugares como Nueva York o Ginebra, y yo lo que quiero es volver a México.

—¿Por qué?

—¿Cómo?

—¿Por qué quieres regresar a México?

A Germán la pregunta le pilla a traspiés; incluso duda de si es una broma que no entiende. Pero los ojos de Daniel le miran con una seriedad absoluta.

—Pues... para empezar porque tengo allá a mi novia, y a mi familia, y a los amigos... y también —se va acordando del discurso que dio en la entrevista de la Gates— siento que nadie va a ayudar a México yéndose del país. Yo voté por Calderón y si algo he aprendido en estos años es que ningún gobierno va a resolver el problema solo. La sociedad civil debe jalar también. Y cada uno de nosotros tiene que tomar una decisión, o huye del problema o corre hac...

—Disculpa, Germán. Tú nunca has trabajado, ¿cierto? Vienes directo de la universidad a la maestría.

—Sí.

—Y ¿alguna vez has vivido fuera de Ciudad de México? Aparte de este año, digo.

—No. Aunque tengo familia en Monterrey.

—Ok. Y supongo que nunca has conocido a nadie de tu entorno que haya tenido problemas con el narco.

—No, pero...

—Tu acercamiento a esta cuestión viene de haber visto las noticias, y las historias, y las estadísticas.

—Sí, así es.

—Mira, yo me entrené como ingeniero. Y nada más terminar la universidad entré a trabajar en C----. Me pasé los dos años siguientes siendo enviado a las plantas de Torreón, de Baja California y de Zapopan, y a los centros de distribución de Oaxaca y de Guadalajara. Y con el tiempo me fue quedando claro que fueras a donde fueras no había un solo tramo de la cadena de producción y de distribución, desde los sindicatos de transporte hasta los de trabajadores, desde las plantas de almacenamiento hasta los muelles donde se enviaban los cargamentos, que no estuviese corrompido en algún punto; ya porque esos pendejos usaran parte de nuestras operaciones para su propia distribución, o porque aprovecharan algún aspecto de lo que hacíamos para lavar dinero, o porque cobraran derecho de piso y de transporte a nuestros subsidiarios. Todo con el conocimiento de los jefes y de los políticos y de las pinches arañas. Piensa en el tamaño de C----, ¿tú sabes cuánta gente significa eso? ¿Y tú te puedes imaginar, si nosotros, con nuestra seguridad privada y nuestra capacidad para sostener pérdidas, éramos vulnerables a ellos, qué no lo serán las medianas empresas y los pequeños comerciantes? ¿Te crees que existe una sola iniciativa que pueda raspar siquiera un fenómeno de esa magnitud?

»Pero lo verdaderamente iluminador fueron los dos años que me destacaron en Tampico. Conoces la historia de la ciudad, supongo... —Daniel hace una pequeña pausa para dar un sorbo de agua; las burbujitas se agrupan en pequeños racimos bajo los cubos de hielo—; superpróspera en los noventa, y luego a mediados de los 2000 la cosa se puso mal porque era una ruta de salida para las drogas que van a Estados Unidos y a Europa. Bien, C---- me pagó un departamento en una de las zonas más seguras de la ciudad, y yo en dos años nunca salí de noche y los fines de semana volvía en avión a Ciudad de México. Pues incluso así me llegaban los ruidos de la salvajada. Había una frutería a una cuadra de mi departamento a la que iba a menudo, y una mañana de lunes amaneció cerrada, y pasaron las semanas y no abría, y al final un vecino me dijo que era porque la dueña había decidido dejar de pagar derecho de piso al narco, y al poco su cuerpo había aparecido en un parque cercano. Con un tiro en la cabeza, los brazos llenos de quemaduras de cigarros, y por supuesto violada y reviolada. Luego hubo una mañana en la que iba manejando al trabajo, y fui a pasar bajo un viaducto y escuché sirenas y miré arriba, y vi que de las vigas colgaban varios cuerpos, y que unos policías empezaban a jalar las cuerdas y los cuerpos iban dando saltitos, así, como marionetas. Luego comentaron en las noticias que eran los familiares de un tipo que había cabreado a nosequé narcos por nosequé razón. Ahí había como treinta personas, Germán: niños, abuelas, hasta la pinche mucama.

»Te digo todo esto por si las historias de Marisela Escobedo, o del casino de Monterrey, o la de la alcaldesa aquella de Guerrero a la que le mataron el marido y ella siguió adelante hasta que la mataron a ella también, no te han dejado claro con qué estamos tratando. Esta es gente que corta cabezas, y que quema viva a gente en fosas, y que viola a muchachas, y que mata a niños por ser sobrinos de policías, y que cree que enviar un mensaje es cortar la verga y los huevos a algún cantante de narcocorridos que gusta a un jefezuelo enemigo, y metérselos en la boca y coserle los labios mientras se desangra por la entrepierna como un pinche puerco. Y no estamos hablando de diez o de cincuenta chalados; estamos hablando de miles, *miles*, y de miles más que son sus cómplices directos, y de muchos cientos de miles más que son cómplices indirectos, y de varios miles más aún que igual y sin saberlo integran alguna parte de sus estructuras.

—Pero no entiendo qué...

—Pues que ahí hay algo mucho más profundo que pinches incentivos microeconómicos, güey. ¿O tú te crees que un programa de CCT va a afectar a los animales de los Zetas? Allí hay algo contra lo que la inteligencia ya ha fracasado, contra lo que siempre ha fracasado. O al menos la inteligencia como tú la entiendes: hablar, pensar, llenar cajitas de Excel...

—¿Postre, señores?

—Sí. Yo tomaré la tarta de ruibarbo.

—¿Y usted, señor?

—Sí —responde Germán—. Lo mismo.

—Perdón, que aprovecho para checar un segundo el email —dice Daniel, pulsando un par de botones de su BlackBerry—. Ajá..., vale, luego contesto. Mira, cuando termines la maestría tendrás un bonito título de Cambridge que brillará en tu currículum. Eso es lo que verdaderamente sacarás de este año, y no los cuatro o cinco gráficos que nos vayas a enseñar mañana en la conferencia. Yo invertí todo el dinero que ahorré durante los años en Tampico en pagarme la maestría de Cambridge, y créeme que la plata que he ganado desde entonces, gracias a las puertas que me abre tener un título así en el currículum, me ha devuelto con creces la inversión. Tú, además, tendrás el punto extra de haber estudiado con una beca Gates. Con lo cual, si después de la maestría quieres regresar a Ciudad de

México para hacer mucha plata, y vivir en Polanco, y llevar a tus chamaquitos a colegios gringos, pues ok. Total, lo más seguro es que gane Peña Nieto y dejemos de nuevo que el narco tenga su Estado dentro del Estado y que sigan violando y baleando y descuartizando, pero por lo bajito y sin que la gente de la clase media podamos escuchar los gritos.

»Así que, con tal de que te quites las pendejadas patrióticas de la cabeza, creo que serás razonablemente feliz. Pero, ya puestos, ¿por qué no quedarte en Europa? ¿Tú sabes lo que gana un consultor en Londres, o un inversionista en Frankfurt? Si quieres mucho a tu novia, tráela, aquí trabajo no falta. Aunque también te digo que eches un vistazo antes porque las chicas que se conocen en esta ciudad son de otro pinche mundo. Pero, en cualquier caso, el camino es sencillo. Trabaja mucho, engorda la Visa, ten un piso lindo, ve a buenos restaurantes, consigue entradas a Wimbledon. Porque Wimbledon está bien, güey. La gente va bien vestida. Las chicas son lindas. Se guarda silencio cuando hay saque. Ese es un mundo en el que vale la pena vivir. Acá la violencia es que un islamista con un coche y un cuchillo mate un día a cinco personas, antes de que doscientos policías le vuelen la cabeza. Acá la violencia son tres días de luto oficial en todo el país por esos cinco muertos. Por cinco pinches muertos, Germán, ¿te das cuenta? Nosotros sobrepasaremos los veintisiete mil homicidios solo este año. Si quisiéramos dedicar un solo día de luto a cada uno de esos pobres pendejos tardaríamos más de setenta años. Lo único que puede hacer la inteligencia ante todo eso es olvidarlo. Dejarlo atrás y olvidarlo.

Tras el café, Daniel le da un breve tour por el Club. Pasean ante los retratos de antiguos ministros, de prósperos comerciantes, de aristócratas victorianos. Luego descienden por la amplia escalinata. Germán, aún bajo la impresión de lo comentado durante el almuerzo, se ve de pronto como un príncipe austrohúngaro en tecnicolor.

—De paso —dice Daniel mientras le tiende la mano, ya en la puerta—, si de verdad quieres mejorar el mundo, acércate a la manifestación que hay a unas cuadras de aquí y explícales un poco de economía a esos jipis.

* * *

Build a bonfire
Build a bonnnfire
Puuut the Tories on the top
Put the Lib Dems in the miiiddle
*And we'll-burn-the-fuck-ing-lot.**

Por ahora todo ha ido muy bien. La manifestación ha llegado a Hyde Park sin problemas, y allí los asistentes han aplaudido las palabras de los líderes sindicales y políticos en contra de los recortes, del rescate a los bancos y del turbocapitalismo financiero. Ahora la masa humana, erizada de palos con pancartas, se pone en marcha de nuevo hacia Piccadilly Circus. Luego subirá por Regent Street y la jornada terminará con la lectura de un manifiesto y una última ronda de discursos en Oxford Road, a escasos metros de las grandes tiendas y los grandes bancos. Algunas de las organizaciones que han coordinado la manifestación se han desmarcado de ese segundo tra-

* «Haced una hoguera, / haced una hoguera, / poned encima a los conservadores, / poned en medio a los liberal-demócratas, / y los quemamos a todos juntos.»

mo, pero un par de sindicatos y de organizaciones estudiantiles han tomado la batuta. Hay mucha expectación ante el discurso que pronunciará, en el corazón simbólico del consumismo capitalista, el ministro de Finanzas griego Yanis Varoufakis.

—¿Sabéis que a un par de calles de aquí queda el Oxford & Cambridge Club? —pregunta uno de sus amigos al poco de reanudar marcha. Porta una de las pancartas de *¡Recortes No!* que les entregó la organización al llegar—: Podríamos acercarnos a estropear la tarde de bridge al barón de Franlingham... o quienquiera que sea que va a ese sitio.

—Pues no quedarían mal un par de pintadas en el libro de visitas —responde Danny—, ¿dónde dices que queda?

—Venga, dejaos de tonterías —les advierte Miriam—. Una buena cacerolada delante de Topshop vale más que la taquicardia que le podáis provocar a unos cuantos abuelos.

Avanzan rodeados de cuerpos. Jane ha pasado por todas las fases por las que se suele pasar en las manifestaciones: euforia, indignación, displicencia, aburrimiento y el eterno retorno de las viejas convicciones. Cuando llegó a Hyde Park tenía los pies algo doloridos, pero ahora, tras pasar la mayor parte de los discursos sentada sobre la hierba, vuelve a sentirse con fuerzas para caminar. Es una lástima que el sol de la mañana no haya durado: con el paso de las horas las nubes se han ido deteniendo en el cielo e hinchando su grisura. El viento empieza a levantar escalofríos. Pero hay buen ánimo en la manifestación: muchos estudiantes han hecho un esfuerzo por aportar colorido, y han venido con ropa estrafalaria, caras pintadas y pelambreras teñidas. Jane y sus amigos han pasado un buen rato charlando con unos doctorandos que han bajado desde Manchester, y han compartido con ellos galletas y fruta. En cuanto a las tensiones con la policía que Danny había anunciado la tarde anterior, es cierto que si uno alza la vista se encuentra enseguida con los cascos oviformes de los gendarmes que acompañan la manifestación. Pero Jane no tiene ninguna sensación de peligro o de amenaza. También ayuda que el policía que han tenido más cerca ha sido una mujer de metro sesenta.

De pronto Jane ve acercarse, en dirección contraria al avance de la manifestación, un rostro conocido:

—Hombre, Amy.

—¡Jane! ¡Hola! ¡Qué bien que hayas venido! ¡Es tan importante que los profesores apoyéis a los estudiantes en nuestras reivindicaciones!

—Amy, que yo también soy estudiante...

—¡Ah! ¡Claro! Bueno, ¿no te parece increíble todo esto? ¡Debe de haber venido más de un millón de personas! ¡Y eso que el gobierno intentó meter miedo con lo de la alerta antiterrorista!

—¿Cómo sabes que ha venido más de un mill...?

—¡Es tan refrescante ver que por fin hay una masa crítica que quiere el cambio! ¡Acabo de estar en la cabeza de la manifestación! ¡Se nos ha unido un montón de gente con máscaras de Anonymous! ¡Y también gente con gafas de esquí y abrigos negros! ¡Hasta me han dado un espray para que ponga unos cuantos *Tory Scum** por las paredes! ¡Bueno, me vuelvo con mis amigos!

Y Amy desaparece como un pececillo en un arrecife de coral.

—Ah, la juventud —murmura uno de los amigos que Jane tiene cerca.

—No me hace ninguna gracia lo que dice de los tipos con abrigos negros —dice Danny—. Eso suena a Black Bloc.

* «Conservadores de mierda.»

—¿Eso qué es? —pregunta Jane.

—Una especie de anarquistas, creo. De esos a los que se la pone dura quemar un par de coches. Entre ellos y los de las máscaras de Anonymous pueden armar un buen jaleo.

—Pues menuda mierda —dice Jane, que ya ha visto a varias familias que habían estado en Hyde Park desplazarse hacia un lado y abandonar la manifestación. Las cabecitas sedosas de los niños, subidos a hombros de sus padres, se van alejando—. Montarán el jaleo, la poli tendrá una excusa para intervenir y luego los medios de comunicación dirán que...

—Olvídate de los medios —le corta Miriam—. El pueblo no está en casa viendo la BBC; está aquí con nosotros. Y me parece bien que por fin se decida a hacer algo.

—¿A hacer qué?

—Pues no sé, pero yo llevo toda la vida sabiendo que el capitalismo es una mierda, y estoy harta ya de saber y escuchar y aprender. ¿Para qué sirve todo eso si al final no hacemos nada?

Casi se encuentran ya en Oxford Road, y el volumen de las consignas va en aumento. Jane intuye que la cabeza de la manifestación estará ya cerca de las grandes sedes de bancos como el Santander o el HSBC; o de multinacionales que evaden impuestos, como Topshop; o de compañías que recortan puestos de trabajo mientras aumentan los bonos a sus ejecutivos, como Xstrata. Ella se pone de puntillas y va pivotando mientras avanza, como una bailarina que otease el horizonte. Y lo que ve en todas direcciones es gente que camina sacando fotos con sus móviles, gente que sujeta pequeñas cámaras de vídeo, gente que tuitea o sube un nuevo estado a Facebook, y también ve un montón de periodistas de medios públicos y privados, fotógrafos con grandes objetivos, reporteros que graban notas de audio en su teléfono. Y piensa en todos los flujos de dinero que han traído a todas esas personas y todos esos objetos hasta allí, todos los trenes y todos los autobuses y todos los cargueros, y todas las compañías con sus estrategias corporativas y sus juntas directivas, y todo el intercambio de monedas y billetes y números en cuentas bancarias, y toda la información que se está subiendo, actualizando y transmitiendo, todos los kilómetros de código que sobrevuelan en ese instante como nubarrones de mosquitos invisibles. Y el mundo se le aparece a Jane de pronto como un animal gigantesco y gris, cubierto de escamas y de rugosidades, que avanza pesadamente hacia algún futuro ignoto; y ella y sus amigos y el resto de los manifestantes son solo hormigas encaramadas a su superficie, moviendo las antenas ante cada nueva sacudida.

De pronto el aire crepita, los silbatos estallan y la masa se vuelve agua dura que rompe contra las cristaleras.

Pero Jane se ha ido quedando atrás.

Se ha ido desplazando hacia un lado.

Se ha marchado.

* * *

«Por tercer día consecutivo, la reunión del G8 en Génova ha estado acompañada de multitudinarias protestas. Las informaciones a esta hora apuntan a varias decenas de heridos entre manifestantes y policías. Los colectivos que organizan las protestas reivindican que se ponga fin a la globalización y a la primacía del mercado...

»La reunión del G8 también ha supuesto el primer encuentro entre los nuevos presidentes de Estados Unidos y de Rusia, George W. Bush y Vladimir Putin. Los mandatarios manifestaron su intención de trabajar juntos para que sus países sigan dejando atrás el paradigma de confrontación de la Guerra Fría. El presidente Bush también ha declarado que las grandes prioridades de su mandato son la recuperación económica y la reforma educativa, y ha defendido la pena de muerte impuesta al terrorista de Oklahoma, Timothy McVeigh...

»Y en deportes, crece la especulación sobre un posible regreso a las canchas de Michael Jordan. Las declaraciones del legendario escolta, que actualmente ocupa un puesto ejecutivo en los Washington Wizards, han disparado la compra de entradas para los partidos de este equipo; los precios se han triplicado en escasos días...»

Alejandro reduce el volumen del *podcast* mientras asciende por la escalera mecánica del metro. Qué extraño: normalmente Piccadilly Circus está de bote en bote en fin de semana. Ahora, sin embargo, ni siquiera ve a los guardias que esperan al lado de los tornos para que la gente no se cuele.

Su asombro crece al salir a la calle. Los grandes plasmas y neones sonríen para nadie. Solo se ve, junto a las esquinas y los callejones, algunas figuras que desaparecen a gran velocidad. Por el suelo ruedan botellines de agua y pancartas con los palos astillados; no hay ni un vehículo en los anchos cruces. A lo lejos se oyen pitidos, sirenas, cascos de caballo.

Le vibra el móvil en el bolsillo. Es un mensaje de Elisa: «Oye, que parece que hay nosequé jaleo por Piccadilly. Mejor quedamos en otro sitio, ¿no?». Y luego otro mensaje, del mismo número: «¿¿Holaaa?? ¿Cómo quedamos?». Debe de haberlos enviado cuando él ya estaba en el metro.

Alejandro desliza el móvil de nuevo en el bolsillo y se pone a caminar. Algo le atrae en el fragor que se oye a pocas manzanas de allí. Grupos de tres o cuatro personas bajan corriendo por Regent Street y pasan por su lado, las caras sudorosas, las rodillas de los vaqueros manchadas de algo oscuro. A lo lejos, una llamarada salta de un buzón rojo y dos tipos con abrigo y pasamontañas comienzan un sprint hasta la siguiente bocacalle. Alejandro pasa junto a un callejón en el que tres hombres se encaraman a un contenedor de basura; dos de ellos sacan botellines vacíos mientras el otro los va metiendo en una mochila. Luego los tres salen corriendo, y el contenedor queda extrañamente desamparado.

Entonces la ve. Está en el interior del callejón, en cuclillas, recostada en una puerta de servicio. Se cubre los ojos con una mano, pero no está llorando; más bien parece cansada. Alejandro reconoce de inmediato su chaqueta vaquera, el flequillo que se desliza entre sus dedos. Y por alguna razón no le sorprende verla.

—Hola —dice cuando se encuentra a su altura.

Ella levanta la vista y tampoco parece sorprenderse.

—Hola.

—No sé si te acuerdas de mí, nos conocimos...

—Sí, claro que me acuerdo.

—... me llamo...

—Alejandro. Me acuerdo. ¿Te acuerdas de cómo me llamo yo?

—Sí. Jane. Como la de Tarzán —dice, e inmediatamente se siente muy gilipollas por haber hecho aquella broma. Rápidamente añade—: Oye, ¿qué hac...?

—¿Quieres sentarte conmigo?

—Vale —dice él. Se acerca un poco más y se recuesta en la chapa negra de la puerta de servicio. Solo están ellos en aquel callejón—. ¿Qué pasa, ha habido una manifestación o algo?

—Sí. Yo también estaba, pero me fui antes de que empezara el jaleo.

—¿Por qué?

—No sé. Creo que quiero irme de aquí.

Alejandro se da cuenta de que los ojos de Jane están buscando los suyos, pero mantiene la vista fija en el asfalto. No sabe si podría sostenerle la mirada.

—Irte..., ¿te refieres a irte de esta zona? Hay una parada de metro aquí al lado, si quieres podemos...

—Creo que quiero irme a Nueva York.

—Ah.

—¿Te vienes?

* * *

Beth no ha mirado la hora ni al bajarse del tren, ni al coger el taxi, ni al comenzar a hacer la cola. Solo sabe que, cuando ya le empezaban a morder el frío y las ganas de hacer pis, el guardia de seguridad de Fabric se ha hecho a un lado y le ha sonreído.

—Entra.

Domingo

—¿Visteis lo de la manifestación de ayer?

—No, ¿qué pasó?

Los círculos de cinco o seis personas se extienden por la antesala del centro de conferencias. Cerca de los ascensores, tres azafatas con camisa blanca y falda de tubo tachan nombres de la lista y reparten acreditaciones. Un par de camareros llenan las tazas de café en una larga mesa paralela a la ventana. Al otro lado de esta, Londres se hace pequeño y amable.

—Empezaron a romper cristaleras de tiendas en Oxford Street y la policía tuvo que intervenir. Hay una veintena de detenidos.

—Qué predecible.

—Pues sí.

—Amigos —dice Jacques, acercándose al grupo—. Estamos listos para empezar. Si podéis ir entrando... Germán, ya puedes cargar tu presentación en el ordenador de la sala.

—Voy —responde Germán. Apura su taza de café y, al ir a dejarla sobre la mesa, atisba el rostro afeitado de Daniel. Acaba de salir del ascensor, y se ha acercado a hablar con una de las azafatas. La mano de Germán acude nerviosamente a su corbata y se la alisa una, dos, tres veces. Eso le hace recuperar cierta sensación de solidez y propósito. Luego recoge su maletín, extrae el *pendrive* del bolsillo de su chaqueta, y entra en la sala de conferencias.

* * *

Beth no se despierta; más bien va cobrando conciencia de una serie de estados, matices y sabores. La luz pálida, el regusto agrio en su boca, el sudor sobre sus hombros desnudos. Al fin, después de un tramo indefinido de tiempo, entreabre los ojos y alza la cabeza. Ve una ventana cerrada, sin cortina ni persiana que impidan el paso de la luz. Ve una cómoda con un par de cajones abiertos. Y al fin ve, emergiendo a su lado de entre las sábanas, una espalda lechosa.

Beth permanece inmóvil mientras su cerebro pone la maquinaria en marcha. Los recuerdos vienen en oleadas: la siesta que intentó echarse al volver a casa del laboratorio, el enésimo episodio del tatatata al otro lado de la pared, el momento en que encendió la luz y comenzó a vestirse, el otro momento en que se descubrió a sí misma comprando billetes en la estación de tren, y aquel otro momento en que se encontró en una de las salas repletas de Fabric, esperando a que su ansiolítico y su vodka con Red Bull se fueran conociendo. Y luego el vibrar de su falda con cada arreón de los bafles, y el inesperado placer de cerrar los ojos y dejarse llevar sin que nadie la molestase, y la zona de fumadores a la que salió a tomar aire, y el chico que se acercó a ofrecerle un cigarro, y las luces verdes y amarillas, y el repentino deseo de tocar y ser tocada.

La espalda sube y luego baja. Vuelve a subir, vuelve a bajar. Sin pensar del todo en lo que hace, Beth saca las piernas de la cama y recoge del suelo su ropa interior, su camiseta de tirantes y su falda negra. Se viste intentando hacer el menor ruido posible, y al final sale del cuarto. El largo pasillo muestra otra puerta a medio abrir, y un rectángulo de azulejos, y un grifo cubierto de cal. Beth entra y se lava la cara y las manos;

tiene que frotar con fuerza para eliminar la peste a tabaco de los dedos. Luego sigue el recorrido del pasillo y desemboca en una sala con cocina americana. Los estores están bajados y se oye el tráfico a lo lejos. Beth localiza su chaqueta y su bolso en el desorden de objetos y prendas que cubren el sofá. Abre el bolso para asegurarse de que dentro están el móvil y la cartera, saca una goma con la que atarse el pelo, se calza las bailarinas que dejó junto a la puerta de la calle, y cierra esta tras de sí.

Se encuentra en un edificio de cemento con galerías abiertas y barandillas blancas. Debe de estar en el quinto o sexto piso. Desciende escaleras, cruza puertas enrejadas, tuerce un par de esquinas y finalmente encuentra una salida a la calle. La calzada en la que desemboca muestra una sucesión de locutorios, de puestos de kebabs y de escaparates donde los maniquíes exhiben saris y hiyabs. Grupos de hombres charlan delante de las tiendas, y mujeres con burka empujan carritos de bebé por la acera. Dos adolescentes con vaqueros ajustados le pasan de largo en sus monopatines. Una condensación fría flota en el aire.

Beth compra un botellín de agua en una de las tiendas de alimentación, y luego le pregunta al dependiente —las palabras le cuestan al principio— si hay algún parque cerca. Le gustaría sentarse en un banco para retomar el control de su situación actual. El dependiente le da indicaciones y, poco rato después, Beth entra en un parque de tamaño medio, sembrado de abedules y con una zona de juegos en el centro. A pesar del frío, una nube de niños corre y grita alrededor del tobogán.

Beth se sienta en un banco de hierro e intenta ordenar los pasos que la devolverán a la normalidad. Lo primero sería recuperar más detalles de la noche anterior, pero pronto se da cuenta de que no hay mucho que rascar ahí. Cree recordar que el chico tardó en encontrar un condón, pero que el resto fue bien. Tiene una imagen borrosa del pulgar de él sobre sus labios, y de cómo ella lo chupaba y mordía. Cree recordar también que su nombre comenzaba con «Br» (¿Brian? ¿Bruce? ¿Bryce?).

Se da cuenta de que no había ninguna necesidad de irse tan deprisa de su casa. A lo mejor el chico era simpático, y al despertar le habría ofrecido algo de desayuno, y habrían comido tostadas mientras llenaban huecos de la noche anterior. Aunque quizá no; quizá la habría mirado con frialdad al despertarse y se habría puesto a emitir señales pasivo-agresivas para que se marchara de su casa lo antes posible. En fin, ya nunca lo sabrá.

Se echa un poco de agua en las manos y luego se palpa la nuca y los lados del cuello. Da un par de sorbos a la botella. Un niño se le queda mirando un segundo y luego vuelve a arrancar su coche de juguete.

El último paso sería averiguar dónde se encuentra. Beth saca el móvil para consultar Google Maps, pero se topa con la notificación de un nuevo correo electrónico. El título es «Plaza posdoctoral». Beth moviliza los pulgares con tanta rapidez que el móvil le salta de las manos, como un pececillo. Se agacha a recogerlo y lee el mensaje:

«Estimada Beth:

Antes que nada, le rogamos que acepte nuestras disculpas por haber tardado tanto en informarle del resultado de su entrevista de la semana pasada. Antes de comunicar nuestra decisión hemos tenido que consultar algunos detalles con Cancer Research UK, que como usted sabe es uno de los principales apoyos que tenemos en esta nueva etapa, y que pidió que le notificáramos en caso de que quisiéramos incorporar a investigadores que necesiten un visado para permanecer en Reino Unido.

En cualquier caso, ya estamos en condiciones de informarle de que quedamos muy satisfechos con su entrevista, y que nos gustaría ofrecerle el puesto de investigadora posdoctoral en el laboratorio del doctor Sabrabophati. El puesto, como usted sabe, es de tres años a partir del día en que se incorpore al equipo. Nos gustaría que esto sucediera lo antes posible, aunque entendemos que puede necesitar varias semanas para cerrar su etapa en Cambridge y mudarse a Durham...».

Beth apaga la pantalla del móvil, levanta la cabeza y fija la vista en el blanco roto del cielo. Los pensamientos cruzan su mente como una lluvia de estrellas, y ella no tiene problema en verlos pasar durante un rato.

Al final alarga la mano y se agarra al pensamiento que le indica que no hay ninguna prisa por volver a la estación de tren, ni a su casa de Chesterton Road con ese misterioso tatatata nocturno. No, tiene tiempo de dar un largo paseo por Londres. Quizá incluso se acerque hasta la catedral de San Pablo y el Millenium Bridge. Porque, en realidad, lo único que le queda por hacer ya en Cambridge es preparar la mudanza. Bueno, y también acercarse el miércoles al concurso de conocimientos, a celebrar con el mexicano, la inglesa y el otro chico la buena nueva.

* * *

«Señoras y señores, estamos a punto de iniciar nuestro descenso hacia el aeropuerto de Newark. Por favor, regresen a sus asientos, abróchense los cinturones y asegúrense de que la mesita está recogida. Si necesitan utilizar el servicio...»

Alejandro nota que Jane se revuelve en su asiento. Vuelve la cabeza hacia ella y se encuentra con sus ojos verdes. Durante un instante se miran sin decir nada, compartiendo la sorpresa.

—Hola —dice finalmente ella.

—Hola.

—Me he dormido.

—Un ratito, sí.

—Creo que voy a ir al lavabo antes de que los cierren.

—Buena idea.

Entre ellos se trenza un breve silencio.

—Necesitaría que me dejaras sal...

—Ah, claro, perdona.

Alejandro se levanta y sale al pasillo mientras ella se incorpora y le pasa por delante. Intercambian sonrisas de forzada naturalidad antes de que ella se integre en la pequeña cola que se ha formado ante los lavabos.

Cuando Jane terminó de explicarle a Alejandro que por «irse a Nueva York» quería decir «irse a Nueva York *ya*», se pusieron a buscar en sus móviles los vuelos más inmediatos entre Heathrow y aquella ciudad. Resultaba imposible sacar billete para los últimos vuelos de aquella noche, pero el sistema les permitió hacerlo para el vuelo de las siete de la mañana. Después trazaron un plan algo alambicado: volverían a Cambridge a por sus pasaportes y a hacer un mínimo equipaje. Luego se encontrarían de nuevo en la estación de tren para regresar a la capital y pasar la noche en Heathrow. Ambos sospechaban que el otro se echaría atrás en cuanto regresara a su casa, que acabarían esperando en vano junto al andén mientras el gran reloj descontaba minutos. Y, efectivamente, ambos tuvieron un momento en sus respectivos cuartos en que se plantearon qué demonios estaban haciendo. Pero luego volvieron a dejarse arrastrar por aquella ansia íntima que no lograban definir pero que sabían que estaba ahí. Alejandro envió un mensaje a su amiga del colegio diciendo que debía cancelar el plan de aquella noche, y que algún día se lo contaría todo; y Jane les dijo a Danny y Miriam que había salido bien del jaleo de la manifestación y que iba a quedarse unos días en Londres viendo a viejos amigos.

Los dos regresaron a la estación prácticamente al mismo tiempo. Jane se alegró tanto al verlo que le dio un abrazo. La respuesta tartamudeante de Alejandro desaconsejó, por el momento, mayores expansiones físicas.

Aquella yincana logística también les dio ocasión de contarse sus respectivas vidas («Entonces, ¿tu tesis tiene algo que ver con la Guerra Civ...?», «NO»). Las historias y las explicaciones fueron fluyendo en un esfuerzo por demostrarse el uno al otro que no estaban a punto de subirse a un avión con un sociópata. Así se fue urdiendo una suerte de complicidad anticipada. Lo único que no se contaron fueron las razones que los empujaban a hacer aquel viaje. Los dos intuían la enorme fragilidad de lo que estaban haciendo, y sabían que las palabras podían disolver ese puente que se había abierto hasta el otro lado del mar. Pero eso fue para bien; nada tranquilizó tanto a ambos como ir constatando, a medida que avanzaba la conversación, que el otro no iba a interrogarlo acerca de por qué quería ir a Nueva York.

—¿Te importa lev...?

—Sí, perdona.

Alejandro se pone en pie de nuevo, y Jane se desliza hacia su asiento.

—Estoy pensando que igual nos hacen algunas preguntas embarazosas en la aduana —dice él tras acomodarse de nuevo en su sitio y abrocharse el cinturón de seguridad.

—¿Por qué?

—Bueno, porque sacamos los billetes diez horas antes del despegue, porque solo tenemos billete de ida y no de vuelta, porque solicitamos la autorización para el viaje desde un móvil poco antes de embarcar, y porque hemos hecho todo esto desde una ciudad que hace unos días elevó el nivel de alerta antiterrorista.

—Pero eso fue una cortina de humo del gobierno, ¿no? Para que la gente no viniera a nuestra manifestación.

—Supongo que sí, pero en cualquier caso estaría bien acordar las respuestas a las preguntas más predecibles. Por ejemplo, qué vamos a hacer en Nueva York, cuánto tiempo pensamos quedarnos, dónde nos vamos a alojar...

—Esa es fácil. En el Chelsea Hotel.

* * *

—Si no hay más preguntas, doy por cerrada esta primera sesión y os emplazo a disfrutar del café y los bollos que se servirán en el vestíbulo. Regresaremos a las doce con una interesante mesa redonda sobre los desafíos y las oportunidades del mercado laboral mexicano. Por ahora, os pido un último aplauso para nuestros ponentes de la mañana.

Los asistentes aplauden generosamente, y Germán se siente con razones para pensar que es el principal destinatario de su aprobación. Expuso su ponencia con soltura, sus gráficos levantaron un murmullo de interés, y en varias ocasiones vio a algunos asistentes sacar fotos de sus diapositivas con el móvil. Ni el doctorando de la UCL que tenía a su derecha ni la chica de la embajada que tenía a su izquierda han cosechado reacciones parecidas. Además, casi todas las preguntas del público han ido destinadas a él, y encima han sido sobre cuestiones que tiene controladas y con las que se ha podido lucir. Por momentos ha vuelto a sentir aquella confianza de cuando explicaba a Emily cómo iba a arreglar México.

Durante la pausa del café Germán flota sin esfuerzo entre grupos que le dan la mano y le entregan sus tarjetas profesionales. Se da cuenta de que echaba de menos la sensación que proyecta una sala llena de hombres y mujeres vestidos de traje.

Hacia el final del descanso siente una mano en el hombro y se da la vuelta. Es Jacques, el director de su tesina, y viene acompañado de un señor alto y calvo, con gafas de montura redonda.

—Germán, te presento a Konrad Wissenbaum, profesor titular de la London School of Economics.

—Profesor Wissenbaum —dice Germán, tendiéndole la mano y continuando su grácil progresión por aquel tramo de tiempo—, qué honor conocerle. He utilizado en varias ocasiones su trabajo sobre la evolución histórica del endeudamiento familiar en América Latina...

—Gracias —responde el profesor, con un acento en el que aún vibra algo de maquinaria germana—. A mí me ha interesado mucho tu exposición.

—Muchas gra...

—Sin embargo, tengo que darte una noticia que puede resultar algo... decepcionante. Le estaba contando a Jacques que acabo de actuar como revisor de un *paper* para el *Journal of Microeconomic Studies*. Es un estudio de un grupo de investigadores de la Universidad de Salzburgo, y me temo que guarda bastantes similitudes con tu proyecto.

—Ah.

—Bueno, sería más correcto decir que desarrollan tu misma idea. Ellos también comparan los efectos de un programa de CCT en zonas con fuerte presencia del narco y zonas sin ella. Y sus conclusiones son parecidas a las tuyas: ellos también ven que, en zonas con presencia del narco, los hogares beneficiados por los CCT aumentan sus niveles de consumo, su acceso a la educación, sus índices de formalidad laboral, etc. Como tú, ven que ese aumento es ligeramente menor que en zonas sin presencia del narco, pero aun así el efecto general es positivo.

»Lo que pasa es que ellos hilan un poco más fino, porque también analizan el impacto de los CCT en toda la comunidad, incluyendo aquellos hogares que no reciben esas ayudas. Y lo que encuentran es que, en zonas sin presencia del narco, los no receptores de ayuda también ven mejorada su situación, probablemente debido a un efecto red. Pero no encuentran un efecto similar en las zonas con presencia del narco. Es más, algunos indicadores de los hogares que no reciben esas ayudas empeoran. Esto, unido a que el incremento en consumo es ya de por sí menor en las zonas con presencia del narco, les lleva a la conclusión de que en estas se está produciendo una desviación de recursos, probablemente hacia las propias organizaciones criminales. Así que su recomendación es más pesimista que la tuya, por decirlo de alguna manera: sugieren interrumpir estos programas hasta que se pueda estar seguro de que las ayudas no están sirviendo para financiar de forma indirecta las organizaciones criminales.

—Ya —responde Germán. Una parte lejana de su conciencia se da cuenta de que ha vuelto a colocar la mano sobre su corbata, y que la está alisando con un movimiento lento y constante.

Jacques interviene:

—¿Tienes alguna razón para pensar que estos investigadores hayan podido... digamos... inspirarse en tu idea? ¿Has publicado alguna versión preliminar en alguna parte?

—No —responde Germán—. Mi idea era entregar primero la tesina y luego convertirlo todo en un *paper* potente, como habíamos hablado.

—¿Y te suenan estos investigadores de Salzburgo?

—No, nunca he conocido a nadie que trabaje en esa universidad. —Germán está a punto de añadir «no sé ni dónde está Salzburgo», pero intuye que eso le haría sentir aún más pequeño y ridículo.

—En fin —tercia de nuevo Wissenbaum—. Estas cosas suceden constantemente. Algún giro en el campo, o la llegada de alguna nueva estrella tipo Piketty o Duflo, dirige a los jóvenes investigadores hacia una serie de nuevas posibilidades, y a algunos se les ocurre por separado investigar una de ellas, y luego es sencillamente cuestión de ver quién llega primero a publicarla. Ya lo he visto varias veces. En cualquier caso, me temo que los revisores aprobamos el trabajo de estos investigadores y que el *Journal* lo publicará en un par de meses.

—Señores, vamos a comenzar la próxima sesión —dice una de las azafatas tras acercarse al grupo. Germán toma nota distraídamente de su perfume dulzón y su lápiz de labios color granate—. ¿Les importa ir entrando en la sala?

—En fin, lamento darte la mala noticia —dice Wissenbaum, poniendo una mano paternal sobre su hombro—. Nada de esto significa que el trabajo que has realizado estos últimos meses no sea estupendo. Ahora debo dejaros, le prometí a mi mujer que llegaría a casa para la hora de la comida.

Se despiden del profesor, y luego Jacques da un paso hacia las puertas abiertas del fondo. Por ahí ya está entrando Daniel, mientras sonríe a una de las azafatas y le dice algunas palabras.

—Espera, Jacques —dice Germán, deteniéndolo—. ¿Esto qué quiere decir? ¿Debo cambiar el tema de mi tesina? ¿Tengo que tirar a la basura todo lo que ya he hecho?

—No, claro que no —responde el otro. Germán cree notar cierta frialdad en su voz—. Lo único es que ya no tendrá sentido que publiques los resultados de tu investigación después del máster. Y evidentemente tendrías que repensar toda la idea de los microcréditos como propuesta seria. Pero tranquilo. El título de Cambridge no te lo quita nadie, y eso te seguirá ayudando cuando pidas algún puesto de trabajo.

Son los únicos que quedan en la antesala, y una de las azafatas les mira expectante mientras sostiene la puerta del fondo.

—Mira —sigue Jacques, comenzando a alejarse—. Si quieres la semana que viene nos reunimos y hablamos de todo esto. Por ahora, ¿qué tal si te saltas lo que queda de la conferencia y disfrutas de una tarde de domingo en Londres? Estamos cerca del Támesis. Puedes acercarte a la Tate Modern, al Globe, al Millenium Bridge.

* * *

Alejandro se tumba en la cama y deja pasar los minutos mientras escucha el sonido de la ducha. La habitación es bonita, aunque se observan pequeñas grietas en el techo blanco. Las paredes están pintadas de turquesa. Sobre la madera del suelo se extiende una Micronesia de desconchados.

—Solo puedo darles dos noches —dijo la recepcionista cuando llegaron. Se la veía cansada, o quizá solo aburrida—. Estamos a punto de cerrar el hotel por reformas.

—Quién lo diría —murmuró Alejandro. Tenía la vista puesta en unos rectángulos de pared blanca que evidenciaban la reciente retirada de grandes cuadros.

—Bueno, es mejor que nada —dijo Jane.

—Bien —siguió la recepcionista—; firme aquí y aquí. En ese mostrador tienen folletos con toda la información de la zona y sus principales atracciones.

Ahora Alejandro escucha el invisible trayecto del agua por la piel de Jane, y ve a través de la ventana un trozo del cielo de Manhattan. Se imagina cómo sería el *podcast* de las noticias de su vida, en la edición matinal de ayer: «Y en otras noticias, Alejandro Romero ha decidido ir a Londres a pasar el sábado con sus antiguos compañeros del colegio. El joven investigador espera tomarse, así, un breve respiro de las frustraciones de su doctorado y de su vida en Cambridge antes de regresar el domingo a la ciudad universitaria para retomar su investigación...».

En algún momento se corta el discurrir del agua y se oye un murmullo de tela y algodón. Cuando Jane sale del baño lleva el pelo envuelto en una toalla y se ha puesto unos vaqueros y una camisa con fondo blanco y finos haces de rayas negras. A Alejandro le gustaría permanecer mucho tiempo en este instante, pero los nervios le hacen tomar la palabra:

—¿Adónde quieres que vayamos primero?

Ella se encoge de hombros.

—No había pensado en ningún sitio en concreto. ¿Tú tienes algún lugar al que te apetezca ir?

—No, pero..., hombre, todo el mundo sabe lo que hay que hacer en Nueva York. Y además he estado leyendo los folletos y los mapas que nos dieron en la recepción. Por lo visto estamos al lado de Penn Station. No sé si será bonita, pero sé que es famosa. Y el Empire State está a unas manzanas de aquí, y si llegamos antes de las cinco de la tarde podemos subir hasta la terraza de arriba del todo. Yo ya estuve hace algunos años con mis padres, pero no me importaría volver a subir. Creo recordar también que después fuimos andando hasta Times

Square, o sea que eso también es una opción. Y el MoMA tampoco queda muy lejos, aunque quizá deberíamos ir en metro para tener tiempo de ver la colección perman...

—Alejandro.

—¿Qué?

—Relájate.

—Vale.

—Date una ducha y luego nos vamos a dar un paseo.

—Muy bien.

Luego, mientras Alejandro pisa con cuidado el plato húmedo y jabonoso de la ducha, Jane se acerca a la ventana y se quita la toalla de la cabeza. La vista es modesta, apenas unas cuantas fachadas de ladrillo rojo cruzadas por escaleras de incendios; y eso le parece perfecto. Mientras se frota el pelo con lentitud le viene a la cabeza un verso de *El puente*, y sus labios sonríen mientras le dan forma:

—*This was the Promised Land, and still it is.**

* * *

Beth entra en el Millenium Bridge por el extremo norte, el más cercano a la catedral de San Pablo. Su geometría blanca y delgada se estira suavemente sobre el río. Al fondo se alza la torre industrial de la Tate Modern, y Beth también puede distinguir el círculo de madera y cal del Globe. Si forzara la vista incluso podría ver ahora a Germán, que está bordeando aquel edificio y también se dirige hacia el puente; aunque a esta distancia ella sería incapaz de reconocerlo en ese perfil diminuto

* «Esta era la Tierra Prometida, y aún lo es.»

que camina por la orilla. Y, en cualquier caso, Beth no se está fijando tanto en el otro lado del río como en las parejas y las familias de turistas que posan al lado de la barandilla, y en cuyas fotos trata de evitar meterse.

Por fin encuentra un hueco desocupado y decide acodarse en él. El atardecer es fresco, pero no inhóspito. El río baja ancho, alborotado, gris pardo o marrón grisáceo. Beth se pregunta por el peso de tanta agua, por todo lo que yacerá aplastado bajo ella. Sabe que ha habido ballenas que se desorientan en el estuario del Támesis y que nadan río arriba, llegando en ocasiones hasta el mismo Londres, donde inevitablemente mueren. Se imagina ahora sus enormes esqueletos bajo la superficie del río, el agua circulando velozmente por las cuencas de los ojos.

Beth contempla ese inmenso cementerio, pero se da cuenta de que no le llama. Más bien siente que sus pies están firmes a este lado de la barandilla. El viento trae un olor a cacahuetes tostados de los puestos que hay frente al museo, y ella aspira con fuerza. Luego, al posar la vista sobre sus brazos, se da cuenta de que en el envés de la muñeca aún luce el sello que le pusieron al entrar en Fabric. Sonríe y, sin pensarlo del todo, llevada por un impulso inesperado y alegre, le hace una foto con el móvil. Después envía la imagen a Jason, y se vuelve a guardar el teléfono en el bolso.

Los primeros gritos alcanzan sus oídos unas milésimas antes de que lleguen a los de Germán. Este aún está subiendo las escaleras del otro extremo del puente, y su mirada abarca una sucesión de escalones y zapatillas. Los gritos son urgentes, espontáneos, y se extienden como un relámpago. Germán nota que algo se tensa en su estómago, pero, preso de la inercia, termina de subir los dos últimos peldaños. Ahí contempla el tiempo congelado. Su mirada abarca los cuerpos cercanos, vueltos en un tenso escorzo; los cuerpos que hay a media distancia, suspendidos al comienzo de la huida; y los cuerpos del fondo, desplomados como muñecos. Los únicos cuerpos que parecen moverse en aquel instante son los tres que se escurren como morenas entre las rocas, descargando mordiscos con terrorífica eficacia. Se aproximan a un cuerpo y ese cuerpo cae, se aproximan a otro cuerpo y ese cuerpo también cae. Sus trayectorias individuales convergen de pronto sobre un cuerpo femenino, y los golpes descienden triplemente, con peso y con saña.

Germán detecta entonces dos movimientos que se desarrollan en una oposición perfecta. Por un lado, unas cuantas personas corren hacia los atacantes. Por el otro lado, una estampida de gente huye en la dirección de Germán.

Él no decide nada. Sencillamente da media vuelta, baja las escaleras y comienza a correr.

* * *

Ya es de noche cuando Jane y Alejandro suben de nuevo en el destartalado ascensor del Chelsea. Han pasado el camino de vuelta al hotel riéndose de alguna tontería. Quizá lo que desencadenó la risa floja fue la historia de él insultando borracho a Silvia. O quizá fue cualquiera de las muchas que Jane guarda de sus años plantando garbanzos en jardines ciudadanos de Londres. Difícil recordarlo ahora: van algo achispados tras beber un par de cervezas durante la cena, y un par más en un local de jazz al que fueron después. Allí escucharon durante un rato a una cantante negra que alternaba el cancionero de Cole Porter con versiones de otros éxitos, como «Blackbird» de los Beatles:

All your life
*You were only waiting for this moment to arise.**

Cuando al fin salieron del bar la noche pendía luminosa sobre Manhattan. Alejandro había puesto su brazo alrededor de los hombros de Jane, y ella había sonreído.

Ahora el ascensor llega por fin a su piso, y los dos salen al pasillo. De pronto se encuentran sin nada que decir, como si hubiese algo en el aire que pidiera ser respetado. La moqueta roja que silencia sus pasos enfatiza la inesperada suavidad del momento. Al final Jane introduce la llave en la cerradura de la habitación, y empuja la puerta.

En unos segundos se están besando sobre la cama. Al suelo caen camisas, pantalones y ropa interior. Se abrazan desnudos, tiran de la colcha y ella lo cabalga sobre las sábanas azules.

* «Toda tu vida / has estado esperando que llegara este momento.»

«Y para darnos toda la perspectiva sobre este terrible atentado tenemos *en exclusiva* el testimonio de un mexicano que estaba *en* el puente *en* el momento en que se produjo el ataque. Se trata de Germán Sotillo, un joven de la Ciudad de México que en la actualidad reside en Inglaterra y que nos habla por conexión telefónica. Señor Sotillo, buenos días.»

«Buenos días.»

«Señor Sotillo, muchas gracias por atender la llamada de Hechos AM. Tengo entendido que usted se encontraba en el Millenium Bridge de Londres en el momento del atentado, ¿es correcto?»

«Así es.»

«¿Y puede describirnos lo que vio?»

«Sí, yo estaba subiendo las escaleras que llevan al puente por el extremo sur, donde queda la Tate Modern. Y de pronto escuché un montón de gritos y vi que en el lado opuesto a donde me encontraba yo había tres hombres que estaban atacando a varias personas. Y el resto de los que estaban en el puente empezaban a correr, huyendo de ellos, aunque también había algunos que corrían a socorrer a las víctimas.»

«Entonces, ¿usted vio a los terroristas?»

«Así es.»

«¿Podría describirnos su aspecto o qué tipo de armas portaban?»

«Lo cierto es que no. Todo sucedió muy deprisa.»

«Ajá. ¿Y qué sucedió después?»

Se produce un silencio cubierto de estática.

«¿Señor Sotillo?»

«Sí, disculpe. Yo corrí para huir de los terroristas. Bajé las escaleras y luego corrí hacia el museo, pero en vez de entrar lo rodeé y seguí corriendo por las calles que están atrás del edificio. Vi una parada de taxis y me subí a uno que me regresó a mi hotel.»

«Bueno, nosotros y seguramente todos nuestros telespectadores también nos alegramos de que lograra escapar sano y salvo de aquella situación. ¿Podría confirmarnos si el puente se encontraba muy concurrido en el momento del ataque?»

«Sí, sin duda. No podría darle un número estimado, pero la zona en la que se ubica el puente es muy popular. Siempre hay turistas, y también muchos londinenses.»

«Una última pregunta, señor Sotillo, si es tan amable. Sabemos que las autoridades británicas elevaron el nivel de alerta antiterrorista hace unos días. ¿Le ha sorprendido a usted, por tanto, que este ataque se haya producido?»

«Sinceramente, sí. Inglaterra es muy distinta de México, en el sentido de que acá casi nunca se ven guardias armados por las calles. Uno se siente muy seguro aquí, siempre.»

«Señor Sotillo, le agradecemos que haya atendido la llamada de Hechos AM.»

«Gracias a ustedes.»

«Aquí lo oyeron primero, el testimonio de un superviviente del ataque de Londres, *en exclusiva* para...»

La voz se corta de repente, y un vacío se adueña del auricular. Luego se oyen varios rasguidos y, al final, la voz de Elena.

—Germán, mi amor.

—Sí.

—Mil gracias. Hablaste muy bien. Me dice el director de noticieros que te dé las gracias de parte de todo el equipo, que es un gran éxito tener un testimonio de primera mano. Igual y me ascienden solo por esto. Bueno, ¿qué vas a hacer ahora?

—Aún tengo un montón de mensajes de familiares y de amigos por contestar. Luego llamaré a la policía para ver si necesitan de mi testimonio. Y luego supongo que regresaré a Cambridge.

—Muy bien. Yo tengo que seguir ayudando con el programa pero te llamo en unas horas, ¿ok?

—Ok.

—Mi amor, sé que todo ha debido de impresionarte mucho. Pero recuerda que en dos días nomás estaré contigo, en persona.

—Lo sé.

* * *

Lo primero que ve Alejandro al despertarse es la silueta de Jane, recortada contra la ventana. Está sentada en el alféizar, lleva puesta una camiseta de tirantes y estira distraídamente las piernas desnudas. La luz de la mañana redondea sus contornos, enfatiza su presencia, su corporalidad. Tiene la mirada absorta en el móvil, que sostiene con ambas manos.

Alejandro la contempla sin decir nada durante unos segundos, y poco a poco le invade una sensación de extrañeza.

—Buenos días —dice finalmente.

Jane levanta la vista del móvil y le sonríe.

—Buenos días.

—¿Llevas mucho tiempo despierta?

—Solo media hora. Me despertó la vibración del móvil..., ha habido un atentado en Londres.

—No jodas.

—Sí. Bueno, dentro de lo que cabe no parece que fuese muy serio. Tres islamistas con cuchillos que empezaron a apuñalar a gente en el Millenium Bridge. La policía llegó en un par de minutos y se los cargó.

—¿Hay muertos?

—Sí, dicen que hay cinco muertes confirmadas y varias personas más en situación crítica. O sea que el número final puede ser más alto. Ya puestos, me parece que tu móvil ha estado recibiendo alertas, o quizá eran mensajes —añade, señalando los vaqueros de Alejandro. Están en el suelo, caídos en un eje vertical casi perfecto, como si su antiguo portador se hubiese desvanecido en el aire.

—Gracias —dice él, estirándose sobre la cama para alcanzarlos.

Guardan silencio mientras realizan las comprobaciones de rigor. Dada la diferencia horaria entre Nueva York y Londres, la gran mayoría de sus amigos y conocidos ya han subido mensajes a las redes sociales anunciando que están a salvo. A los diez minutos empieza a estar claro que no conocen a nadie que estuviera cerca del lugar del atentado cuando este se produjo.

—Qué mal —dice Jane finalmente—. Qué mal cuerpo se le queda a uno con estas cosas.

—Pues sí —responde Alejandro, dejando el móvil sobre la mesilla de noche—. Bueno, ¿bajamos a desayunar?

* * *

En un sentido, el cuerpo de Beth supone una pieza de análisis muy sencilla para la policía. La defunción fue certificada en la misma escena del atentado, después de que las fuerzas de seguridad acribillaran a los terroristas y los paramédicos corrieran al puente a ayudar a las víctimas. Los que se arrodillaron junto al cuerpo de Beth vieron inmediatamente que había muy poco que hacer. Si bien podían taponar las heridas del abdomen por las que aún sangraba copiosamente, el tajo que abría la garganta en una negra sonrisa anunciaba lo peor. Diecisiete minutos después, en una de las decenas de ambulancias que se habían movilizado hasta la zona, los paramédicos comenzaban el papeleo para registrar la muerte de aquella joven cuyo pelo aún estaba recogido en una coleta. La autopsia que se realizó unas horas después certificó que el cuerpo había recibido ocho puñaladas, de diámetro variable y con distintos ángulos de entrada, lo cual sugería que sobre ella convergieron al menos dos atacantes. Cinco de las puñaladas se concentraban en la zona del bajo vientre, rozando el hueso púbico; dos se hundían en el pecho izquierdo, de forma prácticamente paralela; y la novena había entrado limpiamente en el delgado cuello.

Tampoco hay muchas dudas acerca de quiénes son los asesinos. Doce horas después de ser abatidos por la policía, los rostros de Younas Adebowale, Salman Abaaoud y Abdelhamid Abedi ya están en los medios —Alejandro y Jane los han podido ver en la portada de la aplicación para móviles de la BBC—, junto con algunos datos biográficos. Los tres son hijos de inmigrantes (nigerianos en el caso de Adebowale, libios en el de Abaaoud, tunecinos en el de Abedi) nacidos y educados en Reino Unido. En unas horas más saldrá a la luz que pertenecen —o pertenecían— a un grupúsculo islamista que comenzó formando parte de la red de Al Qaeda, pero que se ha hecho fuerte a raíz de la guerra civil siria y empieza a operar por su cuenta.

También trascenderá que los servicios de seguridad habían recibido un soplo acerca del plan de aquella célula de inmolarse el sábado en el centro de Londres, aprovechando que la policía estaría concentrada en la manifestación antirrecortes. Iba a ser la primera gran acción de su grupo en Europa, el atentado con el que anunciarían su existencia al mundo y atraerían a jóvenes islamistas a luchar en Siria por un nuevo califato. El aviso a la policía, sin embargo, había provocado la inmediata subida de la alerta antiterrorista y había desencadenado varias redadas —un poco a ciegas y a contrarreloj— en su entorno. En una de ellas, la policía detuvo al cuarto miembro de su célula e incautó los explosivos que estaba custodiando. Pero Adebowale, Abaaoud y Abedi estaban lejos del piso franco en el momento de las redadas, y lograron escabullirse y pasar escondidos la noche del sábado. Tras concluir que no podían confiar en su red de apoyo para una posible huida, y recalcar que de cualquier forma iban a morir ese fin de semana, urdieron el plan de atacar Millenium Bridge y llevarse por delante a cuantos infieles pudieran.

Abedi, el más joven de los tres y el que más febrilmente vivió aquellas horas entre la redada y el atentado, había mostrado cierta oposición a aquel plan: si esa era la zona en la que iban a atentar, lo idóneo sería correr en la dirección de la catedral de San Pablo y acuchillar a los infieles en el templo de su falso dios. Pero Abaaoud argumentó que la seguridad era demasiado fuerte en la catedral, y que los policías los abatirían en cuanto desenvainaran sus cuchillos. Dirigirse hacia el puente, por otro lado, les permitiría ajusticiar a un buen número de infieles a la sombra del gran templo apóstata. Adebowale, que estaba bastante bloqueado por la situación pero siempre respondía bien a la claridad de ideas de Abaaoud, se mostró de acuerdo con aquellos razonamientos, y Abedi finalmente dio su brazo a torcer. Los investigadores, por otro lado, nunca tendrán noticia de esta discusión.

Tampoco hay muchas dudas en cuanto al recorrido de los asesinos antes de llegar a Beth. Primero condujeron una furgoneta a toda velocidad por Queen Victoria Street y giraron bruscamente al llegar al animado paso de cebra que separa las inmediaciones de la catedral de las del Millenium Bridge. Tras arrollar a varias personas bajaron del vehículo y corrieron en dirección al puente, acuchillando a cuantos se encontraban de camino. En este sentido, la policía constatará una peculiaridad: el recorrido de Adebowale, Abaaoud y Abedi por los ciento treinta metros de acera que separan la carretera del puente se saldó con doce heridos y dos muertos; mientras que los ciento cincuenta metros de puente que recorrieron antes de ser abatidos arrojaron un saldo final de siete heridos y ocho muertos. La policía concluirá que esta discrepancia se debe a que, tras saltar del vehículo, los terroristas corrían con suficiente miedo y adrenalina para apuñalar a cada víctima solo una o dos veces, produciendo en muchos casos cortes superficiales que los paramédicos pudieron tratar en cuanto llegaron al lugar del atentado. Una vez en el puente, sin embargo, los terroristas debieron de intuir que el fin estaba cerca y se emplearon a fondo con cada una de las víctimas, llegando en ocasiones a atacarlas entre dos o incluso (como sucedió en el caso de Beth) entre los tres. En cualquier caso, fue poco después de rematar a aquella chica cuando se les echaron encima tres jóvenes que habían corrido desde el otro lado del puente. Dos de ellos intentaron golpear a los terroristas con sus mochilas, y el tercero hizo lo mismo con un monopatín. Adebowale mató a uno de ellos, clavándole uno de sus cuchillos de veinticuatro centímetros primero en el hombro y luego, limpiamente, en el corazón. Abaaoud y Abedi tiraron al suelo a los otros dos, y se agachaban para rematarlos cuando la policía empezó a disparar.

La identificación del cadáver de Beth, sin embargo, resulta mucho más complicada. Los bolsillos de la chaqueta que llevaba puesta están vacíos, y tras cuatro horas de investigación los policías concluyen que ninguno de los bolsos o de las mochilas encontrados en el puente le pertenece. La principal hipótesis, por tanto, es que la víctima llevaba sus pertenencias (móvil, cartera, carnés) en un bolso que cayó al río durante el ataque; el lugar en el que se encontró el cadáver, tirado junto a la barandilla, refuerza esta posibilidad. Así pues, la policía opta de momento por esperar a que alguno de los familiares o amigos de la víctima denuncien su desaparición, y que de ahí puedan extraer una descripción física que case con aquel cadáver anónimo. Así está sucediendo ya con algunas de las otras víctimas del atentado.

Pero en el caso de Beth, ninguno de sus familiares está al tanto de su decisión de ir a Londres en la noche del sábado. Y de la escasa gente que la conoce en Cambridge, solo su compañero del laboratorio, Jason, sabe que pasó la noche del sábado en Fabric. La discoteca queda, además, algo lejos del Millenium Bridge, con lo cual Jason no tiene razón para sospechar nada. Es cierto que en la foto que Beth le envió desde el puente se puede ver, en la esquina inferior izquierda, la barra blanca de una de las barandillas, y que en el costado derecho asoma la mancha gris del río. Pero el centro de la imagen es el delgado antebrazo sobre el que aún se puede distinguir el sello de la discoteca; y al verlo Jason no hizo otra cosa que contestar un «xDDD así m gusta!!!» y olvidarse del tema.

Por otro lado, el chico en cuya cama Beth despertó la última mañana de su vida sigue sin tener ni idea de quién era aquella americana con la que ligó en la discoteca.

* * *

El marco de la puerta se traga el cuerpo de Jane, y Alejandro la observa cruzar la calle entre taxis amarillos hasta que desaparece de su vista. La mirada de Alejandro resbala ahora por los edificios del otro lado de la calzada. La mañana parece haber soltado amarras, y se eleva ante él como un globo aerostático.

Han desayunado en un pequeño local de *bagels* que queda cerca de su hotel. Todo, desde las paredes de ladrillo rojo hasta los hombres con gorra de béisbol que comen mirando el móvil y las señoras arregladas que meten prisa a los encargados, grita «Nueva York, estáis en Nueva York». Concentrados en su observación zoológica, Alejandro y Jane han hablado poco. Finalmente, ella ha apurado el café y ha preguntado:

—¿Te importa si me voy por mi cuenta unas horas?

—Eh..., no, claro.

—Gracias. No pienses que es por nada raro. Es solo que hay un lugar en Nueva York que me apetece mucho ver, y me gustaría hacerlo sola.

—Claro, claro. A mí también me apetece dar una vuelta a solas.

Ella ha sonreído con benevolencia y luego se ha despedido de él con un beso en la mejilla.

Alejandro se siente ahora pequeño y frágil en aquella cafetería del centro de Manhattan. Intenta recordar el viaje que hizo unos años antes con sus padres, tíos y primos a aquella ciudad. Estuvieron una semana entera, y a él no le gustó nada.

En ningún otro sitio había tenido tanta conciencia de sí mismo como un turista, un trozo de carne con ojos que se ponía a la cola, que sacaba fotos, que no encontraba lavabos cuando necesitaba hacer pis. Le agobiaba lo predecible de sus itinerarios y sus actividades, y lo caro y aparatoso que era todo. Se sentía como un chaval al que hubieran llevado al parque de atracciones cuando ya era demasiado mayor para disfrutarlo. O quizá cuando aún era demasiado pequeño.

Con el fin de recuperar alguna sensación de control, se conecta al wifi del local a través de su móvil y entra en la aplicación del Banco Santander. Las cifras que aparecen en la pantalla confirman los temores que, hasta ahora, había mantenido apartados en algún rincón de su mente. El billete de avión de Londres a Nueva York le ha costado casi la mitad del dinero que su beca le ingresa cada trimestre. Y su parte de las dos noches en el Chelsea también le va a dar un buen viaje a su equilibrio presupuestario. Cuando, a la mañana del día siguiente, deban dejar el hotel y trasladarse a otro, solo le quedará dinero para pasar ocho o nueve días en algún sitio muy barato. O para un billete de vuelta a Europa.

Alejandro decide que al final sí le va a venir bien un paseo, y saca la cartera para ir a pagar. Los dólares que cambiaron en Heathrow antes de embarcar aún tienen esa aura misteriosa de una moneda extraña, como si el mundo hubiese dado una pequeña vuelta al caleidoscopio y los billetes morados fueran ahora verdes, las monedas pequeñas fuesen ahora grandes, las efigies de mujeres de pronto fuesen de hombres. Se pregunta cuánto tiempo tardaría en acostumbrarse a ellos, cuántas semanas deberían pasar para que su mente alisara esta ondulación de la realidad.

—Son dieciocho dólares con noventa centavos —le dice el tipo del mostrador.

—A ver... este billete es de cinco... este es de... uno... este es de... cinco...

Paseando luego por las amplias aceras del Midtown, Alejandro intenta convencerse de que este momento contiene el germen de otro momento. Un momento, quizá dentro de dos o de tres años, en el que paseará por estos mismos lugares con velocidad y propósito, y no con la desorientación que lo atenaza ahora. Se imagina, también, lo que sería reinventarse aquí, en el sitio que escogieron tantos europeos para despertar de la pesadilla de la historia y convertirse en hombres nuevos de un nuevo país. En términos prácticos, supondría olvidarse de obtener el título de Cambridge y cambiar radicalmente su orientación profesional. Sabe que no tiene madera para convertirse en un tiburón de los negocios, como los que pasan por su lado en este mismo instante, fumando y gritando por el móvil. Pero sí podría transformarse en alguno de esos atareados profesionales que se asoman a las ventanas de cada cafetería que se va cruzando; esa galería de veinteañeros y treintañeros con las cabezas hundidas en sus ordenadores portátiles y los auriculares encajados en los oídos. Supone que podría hacer trabajo *freelance* en alguna de esas extrañas industrias de la era digital en las que la gente se gana la vida echándole horas al ciberespacio. Esos portátiles blancos, esas horas blancas. Y esos recipientes blancos del café para llevar que se acumulan en las papeleras, imposibles de distinguir los unos de los otros.

En aquel instante, a un par de kilómetros de distancia, Jane se sienta en un banco de madera y observa el horizonte. El cielo está despejado, y el enorme caudal del East River discurre sosegadamente. El Brooklyn Bridge hunde sus pesados basamentos a un lado y otro del río, y desde ellos brotan las torres de piedra, su grácil cuadratura. Las catenarias recogen los haces de cables y acompañan la plataforma de un lado a otro del río, adelante y atrás, hacia arriba y hacia abajo.

Jane pensaba que, cuando por fin viera el puente, no lo vería de veras. Estaba segura de que se le aparecería envuelto en los versos de Hart Crane, y que estos sobrevolarían las torres góticas como bandadas de gaviotas. Pero no, lo ve todo perfectamente. Lo ve tanto que los ojos le duelen. Y las palabras que se le ocurren no son grandes, ni elegantes, ni herméticas. Son, sencillamente, las suyas, listas para ser escritas en cuanto quiera.

Jane suspira y se pregunta si, al final, esto es lo que va a ser: una niña burguesa preocupada por encontrar y describir la belleza. Y luego decide que sí, y que le da igual lo que piense todo el mundo, incluida ella misma.

* * *

—Buenas tardes, policía metropolitana.

—Buenas tardes. Verá, llamo con relación al atentado de anoche en el Millenium Bridge.

—Sí. Dígame su nombre, por favor.

—Germán. Germán Sotillo.

—Jerr... Yerr... Herr...

—Ger-mán. Es un nombre español.

—Ok. Y en qué puedo ayudarle, señor Hermann.

—Verá, yo estuve ahí, en el puente, cuando sucedió. Cuando esos hombres empezaron a atacar a la gente. Y les llamo para aportar mi testimonio, por si fuera de alguna utilidad.

—Muy bien. Le voy a pasar con la unidad que está llevando la investigación del atentado. No cuelgue, por favor.

—Gracias.

*—kbird singing in the dead of night... take these sunken eyes and learn to see... all your life... you were only waiting for this moment to be fr...**

—Sí.

—Sí, buenas tardes.

—Buenas tardes. Entiendo que llama para aportar información acerca del atentado del Millenium Bridge.

—Así es.

—Muy bien. Dígame su nombre, por favor.

—Germán Sotillo. Ayer me encontraba en la zona de la Tate Modern, y justo cuando estaba subiendo las escaleras del puente escuché...

—Jerr... Yerr... Herr...

—Ger-mán. Es un nombre español.

—Ok. Y un número de contacto en caso de que se corte la llamada, señor Yermann.

—075 9020 1060.

—Vale. Ahora, por favor, dígame lo que vio.

—Pues yo estaba llegando al puente por el lado de la Tate Modern, y justo cuando subía las escaleras escuché unos gritos. Cuando llegué a lo alto de las escaleras vi a mucha gente corriendo, y al fondo unos hombres que atacaban a la gente que se caía. Luego vi que un par de personas corrían hacia los atacantes. Y luego yo corrí.

—¿Hacia los atacantes?

—No.

—¿En la otra dirección?

—Sí.

* «...irlo canta en mitad de la noche... coge estos ojos hundidos y aprende a ver... toda tu vida... has estado esperando este momento para ser libr...»

—Ok. ¿Estaba usted solo, señor Yermann?

—Sí.

—¿Tuvo tiempo de reconocer a alguien que estuviera en el puente? ¿Quizá a alguno de los que corrían hacia los atacantes, o alguna de las personas que estaban en el suelo?

—No. Todo sucedió muy deprisa.

—Muy bien. ¿Algo más?

—No que yo recuer...

—¿Conoce el número que se ha habilitado para ofrecer apoyo psicológico a aquellos que presenciaron el atentado?

—No.

—Es el 0808 168 9111. Se lo repito: 0-8-0-8-1-6-8-9-1-1-1.

—Vale, lo apunto.

—Y muchas gracias por su llam...

—Espere, espere. ¿No quiere hacerme más preguntas? Sé que no recuerdo mucho, pero a lo mejor si pregunta más digo algo que les puede ser de utilidad.

—Señor Yermann, le agradezco su buena disposición. Y entiendo que lo que presenció ayer es muy impactante, y que pueda querer compartirlo con alguien. Pero lo cierto es que a estas alturas conocemos prácticamente todos los elementos principales del caso. Lo único que nos queda por resolver ahora es la identidad de algunas de las víctimas. Si usted tiene alguna información que nos pueda ayudar en este sentido, o recuerda algo en las próximas horas o en los próximos días, no dude en volver a llamarnos. Por ahora, y en la medida de lo posible, intente regresar a su rutina habitual.

* * *

En días normales, la señora Richardson vuelve del trabajo a casa cogiendo la I-195. Está en la autopista unos quince minutos antes de salir a la altura de Sunset Avenue. Luego tuerce en Washington Boulevard y al cabo de un par de manzanas entra en el tranquilo barrio de Hun Heights. Finalmente detiene su coche junto al de su marido —que siempre sale antes del trabajo— en el trecho asfaltado que une su casa a la calzada. Es un recorrido corto y poco congestionado, al fin del cual ella siente una suerte de acoplamiento mecánico. Durante los primeros meses que vivieron en aquella zona, la señora Richardson incluso creía escuchar un clic cuando se detenía junto al costado beige del coche de su marido, y veía luces encendidas en las ventanas de la sala, y sabía que en cuanto apagara el motor le llegaría algún retazo de música desde el cuarto de uno de los niños.

Esta tarde, sin embargo, la señora Richardson oye en la radio que ha habido un accidente a la entrada de Sunset, y decide sortear el previsible embotellamiento tomando la salida anterior de la I-195, la que lleva a Lindsay Lane. Esta es una zona de edificios de dos pisos y negocios a pie de calle que, a pesar de ser perfectamente segura, le produce cierta desazón. Fue en la gasolinera de aquella calle donde su hijo mayor se enzarzó en una pelea con otro chico del barrio; y fue en el cercano Edgerstoune Park donde un policía pilló al menor de los cuatro comprando marihuana cuando tenía catorce años (¿o para entonces ya había cumplido los quince?). Y luego está, por supuesto, el cruce de Lindsay Lane con Jacob Street, en cuya esquina había estado durante tantos años la lavandería de los Kim. Durante las semanas inmediatamente posteriores al accidente a la señora Richardson se le llenaban los ojos de lágrimas en cuanto veía aquel cruce, y solo comenzó a poder pasar por ahí con normalidad cuando una familia chipriota compró la lavandería y le cambió el nombre, de Kim Cleaners a Charalambous Washing. Tres años después traspasaron el local a una cadena de alquiler de vídeos, y cuatro años después de aquello lo compró una cadena de pizzas a domicilio. Cuando se hizo con él una cadena de comida *tex-mex*, la memoria de aquel cruce ya se había normalizado para casi todos.

Eso sí: desde que Beth vive en Inglaterra, la señora Richardson se acuerda de ella cada vez que pasa por delante de ese local. La asociación de ideas es irresistible: se trata del sitio al que solía llevar a su hija después del colegio —los Kim vivían en el piso de arriba de la lavandería—, para que Charlotte y ella pasaran la tarde viendo vídeos de la MTV y hojeando revistas de música pop. Pero también hay algo en la forma en que el barrio ha ido olvidando la triste historia de los Kim que la hace sentir culpable con respecto a su propia hija. Al fin y al cabo, siempre ha sido tan fácil olvidarse de Beth. O no olvidarse, pero sí relegarla, dejarla en *standby* y con una lucecita inocua que parpadea en alguna esquina de la conciencia de todos. Le parece como si la historia de su familia durante las dos últimas décadas se pudiese representar como una hoguera de acampada, alrededor de la cual estuviesen sentados en círculo sus cuatro hijos, su marido y ella misma; y donde los otros estuvieran gritando, o llorando, o agitando nerviosamente las manos, mientras que Beth se habría desplazado unos centímetros hacia atrás, alejándose del foco de luz. Y la señora Richardson mira de vez en cuando para comprobar que Beth sigue ahí, y se preocupa por el hecho de que no esté diciendo nada. Pero también, y sobre todo, le agradece que no lo haga.

Ahora que el benjamín se ha ido a la universidad y está algo más encauzado (la señora Richardson cruza los dedos por que le dure el interés por la ingeniería informática), y la mayor y el segundo parecen haber encontrado cierta estabilidad en sus vidas adultas (vuelve a cruzar los dedos por que aquellas situaciones se prolonguen), la señora Richardson ha dedicado algo de tiempo a reflexionar acerca de la tercera. Ha pasado algunas veladas mirando fotos antiguas de Beth y ligándolas a recuerdos: esta debe de ser de cuando aún venía conmigo al centro comercial, esta creo que se la hizo aquel chico tan majo con el que salió en la universidad. Y ha ido comprendiendo que animar a Beth a mudarse al colegio mayor de Rutgers, y aceptar después tan alegremente su idea de marcharse a Inglaterra para hacer el doctorado, fueron su forma de justificar por la geografía la lejanía emocional que siempre ha sentido hacia ella. Una forma de racionalizar el hecho de que en realidad no conocía a aquella hija suya tan callada, y de que durante mucho tiempo aceptó aquel estado de cosas como un mal menor. La distancia la eximía de sentirse mal por el poco tiempo que podía dedicarle. Ha estado tan poco encima de ella que ni siquiera —ahora se da cuenta, y la culpabilidad parece agolpársele en las manos mientras aprieta el volante— la ha llamado para preguntar si conoce a algún afectado por el atentado de Londres del día anterior.

Hace tiempo que el cruce de Lindsay con Jacob ha quedado atrás, y la señora Richardson va apurando las calles silenciosas de Hun Heights. En su mente se está fraguando la decisión de arreglar aquella negligencia. Espera que el fin del doctorado de Beth —la última vez que hablaron, hace poco más de una semana, le dijo que estaba muy cerca de entregar la tesis— actúe como una suerte de catarsis. Tanto si su próximo paso profesional es en Estados Unidos como si es en algún otro lugar del mundo, la señora Richardson piensa animarla a pasar unas semanas con ellos en Nueva Jersey. Quizá puedan acercarse a Nueva York a ver algún musical, o a Filadelfia a pasar un fin de semana de museos y restaurantes. O quizá puedan ir un día a alguno de los pueblos de la *Jersey shore*, a pasear por las playas pedregosas y desafiarse la una a la otra a meter los pies en el agua helada del Atlántico.

Ahí, ya, la silueta beige. La señora Richardson aparca, apaga el motor y entra en la casa. Su marido está en la cocina, auscultando el interior de la despensa, y le pregunta qué quiere para cenar. Ella le responde que vaya preparando lo que le apetezca, que ella va a llamar a Beth.

* * *

Las pizzas son deliciosas, con una masa que cruje entre los dedos y se deshace dócilmente en la boca. La luz del local es tenue y naranja, los antebrazos se apoyan sobre manteles a cuadros rojos y blancos, y las otras mesas ríen sin estrépito. Alejandro incluso está convencido de que el tipo que está sentado en la esquina, de espaldas a ellos, es Woody Allen.

Todo, en fin, está perfecto, a excepción del silencio entre Jane y Alejandro. Ha estado coagulándose durante toda la tarde, desde que se reencontraron en un café del East Village a eso de las cinco. Ella llegó ingrávida, etérea como su camisa de gasa blanca. En un primer momento incluso le costó reconocer a aquel chico que se le aparecía como un injerto extraño en la nueva realidad neoyorquina. Él, por su parte, intentaba esconder las cosas que llevaba rumiando todo el día tras un bombardeo de dudas logísticas: ¿adónde vamos? ¿Quieres dormir la siesta? ¿Intentamos llegar al MoMA antes de que cierre? ¿Qué tipo de comida te apetece para cenar? A ella le costaba centrarse en aquellas preguntas, y solo pudo devolverle todas las posibilidades: puede, no sé, lo que mejor te parezca. El siguiente par de horas se les hicieron confusas y trabajosas.

—Entonces, ¿has estado en España alguna vez? —pregunta él al fin. Inmediatamente se da cuenta de que ya le preguntó aquello la primera vez que hablaron, en la cafetería de la biblioteca, y se prepara para que ella lo mire con una sonrisa irónica, o con hastío. Pero ella sigue comiendo con gesto neutro, y responde:

—Solo una vez, cuando tenía siete años. Mis padres nos llevaron a Málaga a pasar el verano.

—Ajá.

El silencio vuelve a descender sobre la mesa. Jane siente una extraña lejanía de todo lo que la rodea en este instante, como si aún siguiera sentada en el banco frente al Brooklyn Bridge. Pero es consciente de la presencia de Alejandro, y de que debe hacer un esfuerzo por reengancharse al presente.

—Cuando volvamos al cuarto —dice al fin—, deberíamos buscar el hotel al que iremos mañana, cuando nos echen del Chelsea.

—Ya..., a propósito de eso.

—¿Qué?

—Que estoy pensando en volverme a Inglaterra.

Jane le mira y él, esta vez, no tiene ninguna dificultad para sostenerle la mirada.

—¿Tan pronto? —pregunta ella con serenidad.

—Sí. Lo he estado pensando esta tarde y... creo que no pinto nada aquí.

Jane tarda unos segundos en responder.

—Pero ya que has venido hasta el otro lado del Atlántico, podrías quedarte un par de días —dice. Alejandro constata, en silencio y con algo de tristeza, que no ha desmentido su última frase. Jane termina de concretarse ante sus ojos como lo que es: una desconocida. En fin, piensa él. Mejor así.

—No tiene mucho sentido que lo haga —le responde—. La verdad es que tengo Nueva York bastante vista. Y no sé cómo estará tu cuenta corriente, pero la mía va bastante justa solo para sacar el billete de vuelta. Si quiero ahorrarme la vergüenza de llamar a mi familia para pedirles dinero, tendría que irme lo antes posible.

—Ya —dice Jane. Toma nota, en silencio y con algo de tristeza, de la ausencia de cualquier mención a ella en aquellos razonamientos. Algo se revuelve, dolorido, en un rincón de su mente, pero luego se da cuenta de que este chico no es más que un amable desconocido. En fin, piensa ella. Mejor así—. Lamento que te haya salido tan cara la aventura.

—Yo no. Me ha sentado bien venir. ¿Tú te vas a quedar?

—Sí. Mis finanzas están más o menos como las tuyas, pero ya..., no sé, ya se me ocurrirá algo. Lo importante es que me siento bien aquí.

—Me alegro.

—¿Amigos? —pregunta ella, extendiéndole la mano.

—Amigos —responde él, dándole la suya.

Tras el apretón, vuelven a quedarse en silencio. Sus platos están ya vacíos. Alejandro mordisquea un bastoncito de pan, y Jane bebe pequeños sorbos de vino. Los que ocupan la mesa de la esquina se están levantando, y Alejandro reconoce finalmente que el tipo que estaba de espaldas a ellos no es Woody Allen. Solo es un tío con gafas cuadradas y pelo blanco.

* * *

Germán pasea entre las filas de bicicletas. Las luces de la estación proyectan un espacio plateado en mitad de la noche cerrada. Por fin encuentra su bici donde la dejó hace dos días. El peso de unas compañeras de cepo le ha caído encima, y el manillar está vuelto ahora hacia el cielo, la rueda alzada unos centímetros del suelo. Germán levanta las otras bicicletas y retira el candado de la suya. Por las calles deambula un frío sin viento, y solo se oye el deslizarse de sus delgadas llantas, el chirrido ocasional de la cadena.

El cuarto está bien ordenado, y él no tarda ni cinco minutos en deshacer la pequeña maleta que llevó consigo a Londres. Deja sobre la cómoda la camisa y el traje que utilizó durante su ponencia, para acordarse de dejarlos mañana en la tintorería. Luego, cuando todo se encuentra ya en su sitio, enciende el ordenador y se conecta a Skype.

Elena está disponible, y acepta enseguida su llamada.

—Mi amor, ¿qué tal? Justo estoy preparando la maleta para el viaje a Inglaterra.

—Ajá. Sobre eso quería platicar.

Martes

«Buenos días y bienvenidos al Today Programme, con John Humphrys y Sarah Montague. Downing Street acaba de confirmar que el primer ministro ha decretado tres días de luto nacional por las víctimas del atentado islamista de Millenium Bridge...»

* * *

—¡Doscientos cincuenta! ¡Es el momento! ¡Echadle cojones! ¡Echadle cojones! ¡Y atráaas! ¡Y atráaas! ¡Vamos, Germán! ¡Y atráaas! ¡Y atráaas! ¡Brío, Germán, brío! ¡No me lo pienso! ¡No me lo pienso! ¡No me lo pienso! ¡No me lo pienso!

* * *

—No, ella no vive en Londres, vive en Cambridge. Está terminando allí su doctorado. Pero llevo intentando llamarla desde ayer y no responde al móvil, ni tampoco a los mensajes. Es cierto que siempre anda muy metida en sus cosas, y en sus estudios, pero después de ver lo que pasó el domingo...

—Por supuesto, señora Richardson. Es una situación preocupante y es normal que nos llame. Aunque estoy segura de que al final todo saldrá bien y localizaremos a su hija sin problemas. Si le parece, le voy a pedir que me confirme algo de información acerca de ella y así el personal de la embajada podrá empezar a realizar averiguaciones.

* * *

—Lo que sucedió en el Millenium Bridge es el resultado de una civilización que ha decidido dejar de defenderse, de un país que no controla quién entra y quién sale, de un gobierno que quita a las fuerzas de seguridad la capacidad legal y material de cumplir con su cometido, que no es otro que protegernos; y también es el resultado lógico de un sistema que permite que se predique el odio a nuestros valores y a nuestro modo de vida en nuestros propios barrios, en nuestras propias escuelas...

* * *

«Estimada Silvia:

Quiero que sepas cuánto lamento lo que sucedió el viernes. Me gustaría excusarme diciendo que había bebido mucho aquella noche, y que además estaba frustrado por algunas cuestiones personales con las que prefiero no aburrirte. Pero, si soy sincero conmigo mismo, sé que también influyeron los celos. Cuando oí tu ponencia en el simposio me di cuenta de que mi investigación está muchos peldaños por debajo de la tuya.

Es más, si eres capaz de perdonarme me gustaría pedirte ayuda. Estoy comenzando a trabajar en los últimos capítulos de mi tesis, que tratarán sobre la Guerra Civil, y me encantaría que me asesoraras en cuanto a bibliografía y enfoque. Yo me encuentro ahora mismo fuera de Cambridge, pero mi vuelo aterriza esta tarde así que, a partir de mañana, podemos vernos cuando quieras...»

* * *

—No, lo que sucedió en el Millenium Bridge es el resultado de un sistema en el que la desigualdad y la discriminación están absolutamente institucionalizadas, un sistema en el cual los jóvenes hijos de inmigrantes crecen en guetos donde no hay oportunidades, y donde solo ven a su alrededor una sociedad que les rechaza por ser diferentes y que les somete diariamente a una islamofobia estructural, que se manifiesta en el comportamiento de nuestras fuerzas policiales, nuestro sistema judicial, nuestro sistema económico, nuestros medios de comunicación...

* * *

«Queridos Danny y Miriam:

Antes que nada, perdonad que desapareciera de aquella forma tan brusca en la manifestación del sábado. Lo cierto es que os mentí cuando dije que me había ido a pasar el resto del fin de semana con viejos amigos. Y debo confesar que tampoco es la primera vez en estas semanas que os miento...»

* * *

—No, lo que sucedió en el Millenium Bridge es algo que debemos analizar fríamente, porque la amenaza que presenta el terrorismo está sobredimensionada. Las cifras de muertes por acciones terroristas son muchísimo más bajas que las que se producen en accidentes de tráfico. Resulta más peligroso subirse a un coche que vivir en una gran ciudad que pueda ser objetivo del yihadismo. Y tenemos que entender que los terroristas desean que sobrerreaccionemos ante atentados como este, cuando deberíamos tratarlos más bien como accidentes naturales, del mismo modo que la caída de un rayo o el paso de un tornado...

* * *

—Sí, la descripción encaja con un cuerpo que aún tenemos sin identificar.

—Oh.

—¿Podéis conseguirnos las huellas dactilares de la desaparecida?

—Sí, deberíamos tenerlas en el archivo de tramitación de su visado.

—Perfecto. Hacédnoslas llegar lo antes posible.

* * *

—No, lo que sucedió en el Millenium Bridge es que tres valientes mártires de Alá se inmolaron en el nombre del califato, y castigaron a los infieles que asesinan a nuestros hermanos en Yemen y en Palestina y que ofenden a Dios transformando sus ciudades en ciénagas llenas de rameras impúdicas que se ríen de la palabra del Profeta...

* * *

«Hola, Emily. Antes que nada, disculpa que haya tardado unos días en responder a tu mensaje. Di un *paper* en una conferencia en Londres durante el fin de semana, y eso me ha tenido bastante distraído.

Si aún sigue en pie la oferta, me encantará quedar una de estas noches a tomar algo. ¿Qué tal te iría este viernes? Un beso, Germán.»

* * *

—Pues no vino ayer ni hoy, pero..., ah, entiendo..., espere un segundo, que le pregunto a mi ayudante. ¿Jason?

—Sí. Qué pasa, Stephen.

—¿Tienes idea de dónde puede estar Beth?

—No. Me envió un mensaje el domingo, pero no he sabido nada ayer ni...

—Ah. Pues espera, no te vayas. ¿Oiga? Sí, le voy a pasar con uno de los ayudantes del laboratorio, que dice que intercambió mensajes con ella durante el fin de semana. A lo mejor la información les resulta de ayuda. Jason, ponte...

* * *

«No, lo q sucedio n l Milenium Brdge fue un MONTAJE q yo ya no m creo NADA se creen q smos tontos???? la cia kiere MANIPULARNOS y los MEDIOS D COMUNICACION le bailan el agua al IMPERIALSMO mntras l pueblo s muere d AMBRE»

* * *

—Aún no. Ni a la familia ni a los medios. Las huellas son un primer paso, ahora toca la prueba de ADN.

—Pero ¿y eso cuánto puede llevar?

—Como mínimo otras veinticuatro horas.

—Pero eso es muchísimo tiempo. Tengo a la familia preocupada, esperando que les llame...

—Lo sé, pero seguimos protocolos muy rigurosos, muy científicos, ¿comprende? Y hasta que no los cumplamos no sabremos de forma definitiva si es ella o no.

—Pero si me acaba de decir que están prácticamente seguros de que lo es.

—Sí, pero entre estar seguro y saber con total certeza media un mundo. Créame.

* * *

Alejandro se acerca al mendigo de la puerta mientras rescata del bolsillo una moneda de cincuenta céntimos. Es la una de la mañana, y los farolillos iluminan las paredes de piedra de Rose Crescent. En aquel callejón curvo, el *spare any change, please!** del mendigo ha restallado como un graznido, despertando a Alejandro de la nube de *jetlag*.

Los mendigos ingleses siempre le han parecido muy agresivos. Ni los hombres ni las mujeres intentan provocar conmiseración, ni tampoco mantienen una dignidad distante. Más bien se comportan como heridas abiertas en el costado del universo, llagas que secretan ira y meados. No piden ayuda, sino que la exigen. Alejandro da mucha más limosna aquí de la que daba en Madrid, pero cuando lo hace le embarga una pesada sensación de futilidad.

El mendigo le agradece la moneda con un «ya era hora». Alejandro se vuelve y abre la puerta del McDonald's.

El interior está prácticamente desierto. Hace muchas horas que se fue el turno de la cena, y entre semana no suele haber un turno de borrachos que les tome el relevo. Alejandro solo ve a un grupo de asiáticos con sudaderas de la universidad que apuran sus Coca-Colas. La luz blanca destaca los restos de cena que quedan sobre algunas mesas: trozos de lechuga, manchas de kétchup, envoltorios con pegotes de queso reseco.

Alejandro se acerca a la caja, donde una quinceañera está tomando nota del pedido de un tipo de su edad.

—... y para beber, un Sprite.

—¿Quiere la bebida y las patatas XXL por solo quince céntimos más?

—Sí, venga.

* «¡Unas monedas, por favor!»

Entre las ondulaciones del cansancio, Alejandro se da cuenta de que conoce al chico.

—Hola.

—Hombre —responde Germán mientras recoge el cambio de la mano de la chica—. Qué tal.

—Siguiente —dice la chica.

—Sí, un menú cheesebacon doble XL y Fanta de naranja.

—¿Quiere la bebida y las patatas XXL po...?

—Sí, sí, dámelo todo.

Alejandro paga con un billete arrugado, y la chica se aleja para llenar los cartones de patatas fritas.

—¿Has venido por tu cuenta? —pregunta Germán.

—Sí. ¿Tú?

—También.

—Ajá.

—Si te parece, podemos...

—Vale...

—... a menos que prefieras estar sol...

—No, está bien. Pero, discúlpame, vas a tener que recordarme tu nombre.

—Germán. Y el tuyo era... ¿Andrés?

—Alejandro.

Recogen las bandejas con sus cenas y se sientan. A lo lejos, el grupo de asiáticos se hace fotos. Todos hacen con sus dedos la V de la victoria. Un empleado paquistaní se pasea entre las mesas, frotando restos grasientos con una bayeta.

Alejandro dedica unos segundos a recomponer su hamburguesa, que le ha llegado algo desordenada; y Germán aprovecha para fijarse en el brillo grasiento de su frente, en las venitas rojas que zigzaguean por el borde de sus ojos. Intenta recordar si tenía esta pinta de agotamiento cuando se conocieron, hace seis días.

—¿Qué tal ha ido la semana? —pregunta finalmente, en un tono neutro.

—Algo extraña —responde Alejandro—. ¿La tuya?

—Extraña también.

Lanzan el primer órdago contra las hamburguesas, y durante unos minutos no dicen nada, centrados en morder y rebañar.

—Me alegra ver que no soy el único estudiante de Cambridge que a veces cae en la tentación del McDonald's —dice Germán finalmente—. Te confieso que me he sentido raro viniendo.

—¿Y qué te ha decidido a hacerlo?

—Estaba dando un paseo por el centro, y me ha entrado hambre.

—¿Un paseo a estas horas?

—Bueno. Estaba digiriendo algunas decisiones que he tomado estos días. ¿Tú?

—Yo vengo a menudo.

—¿Lo de la dieta sana no va contigo?

Alejandro se encoge de hombros. Luego responde:

—Sé que todo esto no es comida de verdad, que lo que estamos metiéndonos en el cuerpo es plástico derretido y carne artificial inyectada con sulfatos y sales y demás. Sé que solo seguimos viniendo por los millones que se gastan en una publicidad engañosa y testada en decenas de *focus groups* para apelar a nuestros impulsos más profundos y banales. El tipo de persona que me gustaría ser aprovecharía ese conocimiento y no vendría. Pero a veces hay que aceptar algunas cosas.

—Cierto.

Los asiáticos se han ido, y ellos dos son ahora los únicos clientes. La chica del mostrador y el empleado paquistaní charlan en la zona de preparado de pedidos. Ella le enseña algo en el móvil y él se ríe.

—Mañana es la nueva edición del concurso de conocimientos —dice Germán—. ¿Vas a ir?

—Creo que no. He tenido unos días un poco intensos, mañana me gustaría descansar. Además, no podríamos recomponer el equipo de la otra vez.

—¿Por qué?

—La chica inglesa, Jane, no está en Cambridge.

—Bueno. A mí tampoco me apetece, pero estaba pensando en la gringa. Me apenaría que fuese esperando encontrarnos y nosotros no estuviéramos.

—Tampoco sería una gran tragedia.

—No, supongo que no.

Al salir del local se despiden con un apretón de manos. Alejandro tira hacia la izquierda, rumbo a su torreón de Free School Lane, mientras que Germán recoge su bici y se aleja pedaleando por el lado derecho.

En aquel preciso momento, un mirlo que llevaba semanas atrapado en una pared de Chesterton Road, picoteando junto a un cuarto que ahora está vacío, encuentra un resquicio por el que volver a la noche.

La utilización en la trama de la novela de *El puente*, de Hart Crane, está influida por algunas ideas expuestas por el profesor Langdon Hammer en el programa OpenYale; su charla está disponible en: http://oyc.yale.edu/english/engl-310/lecture-14

La investigación que realiza Germán sobre los *conditional cash transfers* está inspirada en investigaciones reales, si bien el giro introducido en las páginas 128 y 129 es puramente ficticio. En concreto me he apoyado en los siguientes trabajos:

- M. Angelucci & G. De Giorgi., «Indirect Effects of an Aid Program: How do Cash Injections Affect Ineligibles' Consumption?», *American Economic Review*, 99:1 (2009)
- M. Stampini & L. Tornarolli, «The Growth of Conditional Cash Transfers in Latin America and the Caribbean», *IZA Policy Paper* no. 49 (2012)
- Kabeer, N. & Waddington, H., «Economic impacts of conditional cash transfer programmes», *Journal of Development Effectiveness* 7:3 (2015)
- M. M. Sviatschi, «Making a *narco*: Childhood Exposure to Illegal Labor Markets and Criminal Life Paths», Working Paper, URL: http://www.micaelasviatschi.com/wp-content/uploads/2016/05/jmp.MariaMicaelaSviatschi9x21x2017.pdf

La inspiración para el póster que se menciona en las páginas 72 y 73 proviene de una imagen diseñada por la investigadora Jennifer Harris, que se puede encontrar en: https://mrccancerunit.wordpress.com/2015/11/06/image-of-the-month-the-tumour-microenvironment-a-dynamic-niche

La explicación de las vicisitudes de la carrera científica recogida en las páginas 73-76 está inspirada en el testimonio de un científico anónimo que se recoge en: http://anothersb.blogspot.com.es/2014/03/my-life-as-phd-scientist-you-should.html

El discurso del Periodista-Activista de las páginas 92-95 bebe directamente de los capítulos 5, 6 y 7 de *Chavs*, el ensayo del periodista británico Owen Jones. En concreto, consulté la traducción al castellano de Íñigo Jáuregui publicada en 2013 por Capitán Swing.

Las traducciones de canciones y poemas en inglés que aparecen a lo largo de la novela son —por desgracia— mías.

Escribí los primeros borradores de la escena descrita en las páginas 133-135 antes de los atentados del 3 de junio de 2017 en Londres, y del 17 de agosto del mismo año en Barcelona y Cambrils. Sin embargo, en posteriores versiones incluí algunos detalles inspirados en aquellas tragedias, en parte como un gesto de homenaje a sus numerosas víctimas. He tenido especial interés en recoger elementos de la historia del español Ignacio Echeverría y de su familia. Espero haberlo hecho de la forma más respetuosa posible para con su heroísmo y entereza.

AGRADECIMIENTOS

Gracias a Luis Estévez Bauluz por su ayuda en todo lo relativo a la investigación económica y los CCT. Y por su paciencia a la hora de explicarlo.

Gracias a Ana Sancho Medina por asesorarme acerca de la carrera científica, las dinámicas investigadoras y el vocabulario técnico.

Gracias a Laura McCraken por explicarme el día a día en un laboratorio.

Gracias a Katy Bird por ser fuente de inspiración para escribir acerca de los investigadores del «Hutch».

Gracias a Frank Eissa-Barroso por aportarme información y perspectiva acerca de la narcoviolencia en México.

Gracias a Alison Sinclair, Rodrigo Cacho, Stuart Davis y Coral Neale por hacer que mis años de doctorado no fuesen como los de los protagonistas de esta novela.

Gracias a Elsa Treviño, Daniel Gutiérrez-Trápaga y Franco Pesce por mejorar el manuscrito con sus sugerencias y correcciones.

Gracias a Germán Gullón, Daniel Capó y Daniel Gascón por sus consejos y su apoyo cuando la novela empezaba a zarpar del puerto.

Gracias a Jesús Casals por apostar por este proyecto.

Gracias a todos los amigos a los que he dado la brasa durante estos años.

Gracias a mi familia palmesana por arroparme durante la última fase de escritura de la novela.

Gracias a mi madre y a mi padre, por todo y por esto también.

Gracias a Aída Prados, sin cuya generosidad, alegría y talento esta novela aún estaría dando vueltas por Palma con una red vacía.

And thank you to Lindsay Jacob, who sat with me on a Princeton bench one afternoon and told me to write more. In memoriam.

ÍNDICE